GAME OF GOETIA

니콜로 장편소설

FUSION FANTASTIC STORY

마왕의 게임

마왕의 게임 20

니콜로 장편소설

초판 1쇄 찍은 날 § 2017년 2월 15일
초판 1쇄 펴낸 날 § 2017년 2월 22일

지은이 § 니콜로
펴낸이 § 서경석

편집책임 § 조현우

펴낸곳 § 도서출판 청어람
등록번호 § 제387-1999-000006호
등록일자 § 1999. 5. 31
어람번호 § 제1-2631호

주소 § 경기도 부천시 부일로 483번길 40 서경B/D 3F (우) 14640
전화 § 032-656-4452 팩스 § 032-656-4453
http://www.chungeoram.com
Email § chungeorambook@daum.net

ISBN 979-11-04-91207-8 04810
ISBN 979-11-04-90396-0 (세트)

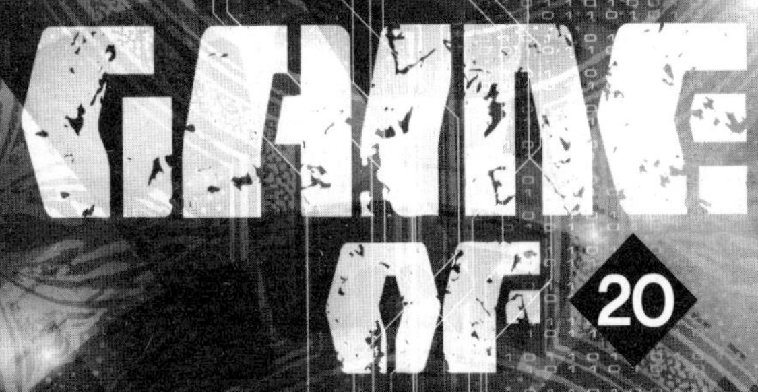

니콜로 장편소설

FUSION FANTASTIC STORY

마왕의 게임

도서출판 청어람

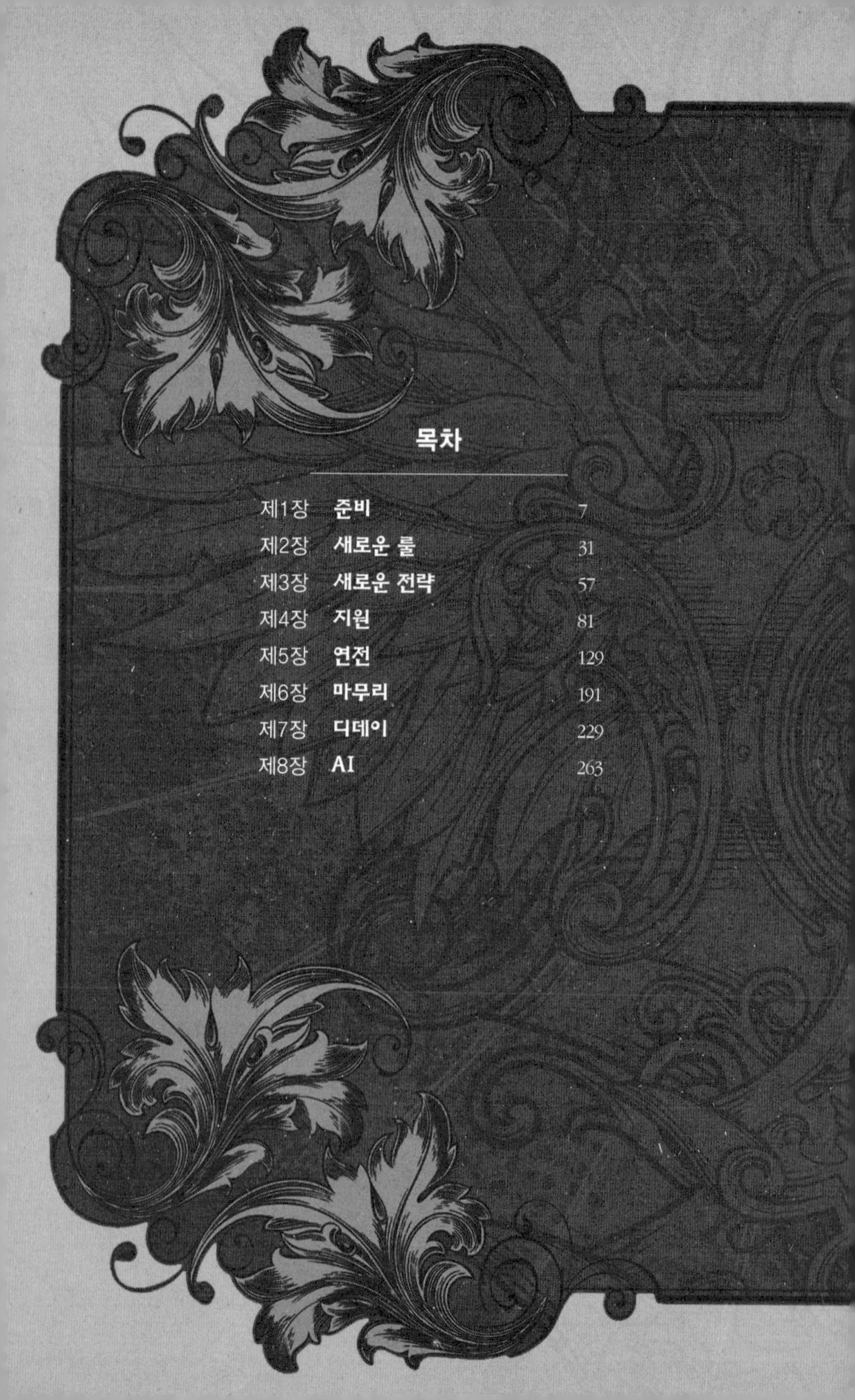

목차

마왕의 게임
GAME
OF
GOETIA

제1장

준비

캐나다는 확실히 한국보다 평화로웠다.

인공지능 프로젝트가 발표되고서 한국은 이미 소란스러워진 지 오래.

게다가 오랜만에 중국에서 돌아온 이신을 보겠다고 본가 인근에 출몰하는 극성팬도 많아 편히 머물 수가 없었다.

집 주변을 서성거리며 담장 안을 훔쳐보는 극성팬들이 시도 때도 없이 나타나는데 부모님이 걱정되어서 있을 수가 없는 것.

다행히 캐나다는 한국처럼 이신의 광팬이 많지 않았다.

이따금 이신을 알아보고 팬을 자처하는 캐나다인도 정중히 사인을 요구할 뿐이었다.

'무엇보다 참 조용한 동네군.'

당연한 일이지만 주디와 존의 집인 레벨린가는 부유한 동네에 위치해 있어 보안도 좋고 소란이 없었다.

집 밖으로 나와 어딜 걸어도 풍경 좋은 산책 코스라 이신은 평안을 만끽할 수 있었다.

주디, 존, 차이, 장양도 밴쿠버에서 함께 휴가를 즐겼는데, 게임에서는 완전히 손을 뗀 채 빅토리아나 로키 산맥 등을 관광하며 즐거운 시간을 보냈다.

"우와, 오랜만에 머릿속이 정화되는 기분이야."

"이제야 귀에서 보병 총 쏘는 환청이 멎은 것 같아."

활발한 차이와 존은 서로 맞장구치며 이번 휴가를 즐거워했다.

"쟤들 정말 걱정이에요. 연습 끝나고 집에 와서까지 게임이라니까요."

이신 옆에 찰싹 붙어 있던 주디가 투정을 부렸다.

때로는 기분 전환도 필요하다고 생각한 주디는 함께 사는 3명의 게임 중독자 때문에 집에서까지 스페이스 크래프트의 효과음을 들어야 하는 게 정말 싫은 눈치였다.

"저렇게 게임에만 빠져 살다가 정신이 이상해지는 게 아닐까요?"

"괜찮아."

이신은 대수롭지 않게 대꾸했다.

"나도 저랬는데 문제없잖아?"

그 정도로 게임에 집착하지 않고서는 최고의 자리를 손에 넣을 수 없다는 게 이신의 지론이었다.

하지만 이신은 눈치채지 못했다.

"……."

이신의 그 대답에 주디의 표정이 더 심각해졌다는 것을.

어찌 되었건 폐인들이 간만에 밖에 나가서 놀자 레벨린 가족은 물론 장양의 가족들도 무척 좋아하는 눈치였다.

특히 자폐증 병력(病歷)이 있는 장양을 걱정하는 장씨 일가는 좀 밖에 데리고 나가 놀게 해달라고 주디에게 간곡히 부탁할 정도.

다행히 장양은 차이, 존과 곧잘 어울렸다.

여전히 말은 없지만 어딜 가도 두 사람을 따라다니고 있어서 친한 친구와 함께 있고픈 심리를 보여주었다.

이제는 이신이 있어도 병아리처럼 이신 곁에만 꼭 붙어 있으려 하지 않고 두 사람과 어울리는 모습이었다.

'역시 중국에 안 데려가길 잘했군.'

자신만 졸졸 따르던 예전보다 더 독립심이 생긴 것 같아 이신은 안심했다.

아무튼 트레킹도 하고 스키도 타고 알레스카로 크루즈 여행도 하며 신나게 즐긴 일행은 밴쿠버로 돌아와 심기일전했다.

'이제 이만하면 다 쉬었다.'

휴식을 마친 이신은 다시 전투 모드가 되었다.

이제부터는 인공지능 카이저와 대결을 치를 준비를 할 때였다.

"존, 차이."

"네."

"예, 선생님."

"너희가 날 도와줘야겠다. 이유는 설명하지 않아도 알겠지?"

이신의 말에 두 사람은 씨익 웃으며 고개를 끄덕였다.

"네!"

"이제야 게임을 할 수 있겠네요. 와, 노는 내내 게임 얘기를 못 해서 답답했어요."

이신은 함께 이곳저곳 놀러 다니면서 게임에 대해 한마디도 언급하지 않기로 규칙을 세웠었다.

중요한 대결을 앞두고 확실하게 휴식을 취해 머릿속을 비우기 위해서였다.

그 탓에 두 사람은 전에 공개되었던 다큐멘터리의 내용에 대해 궁금했던 점을 이신에게 묻지 못해 입이 근질근질했었다.

봉인이 해제되자 질문이 쏟아졌다.

"다큐멘터리 마지막에 나왔던 게임이요, 누가 이긴 거예요?"

"어느 쪽이 선생님이었어요?"

장양도 말은 없지만 눈을 반짝반짝 빛냈다.

"…직접 보는 게 낫겠군."

이신은 Kaiser2017과 온라인에서 대전했던 리플레이 여러 개를 보여주기로 했다.

클라우드 저장소에 리플레이 파일을 항상 잘 저장해 놓는 이신이므로 언제 어디서든 볼 수 있었다.

리플레이는 이신의 관점에서만 볼 수 있었다.

업데이트 때문에 상대방의 시점은 리플레이에 저장되지 않도록 되어 있었기 때문이다.

때문에 시작부터 장양과 존은 어느 쪽이 이신이었는지 알 수 있었다.

"아! 5시가 선생님이었구나!"

"난 7시인 줄 알았는데."

"그럼 지뢰 막는 컨트롤도 선생님이 한 거였네."

"그것 때문에 7시가 인공지능이라고 사람들이 많이 얘기했는데. 역시 선생님은 사람이 아니었어."

하지만 시작부터 치즈러시로 공격의 포문을 열자 잡담은 사라졌다.

인공지능의 공격으로 시작된 처절한 공방!

주디도, 장양도 숨을 죽이고 게임을 보았다.

끊이지 않고 계속 이어지는 물 흐르는 듯한 공세.

인공지능은 전성기 시절의 이신 그 자체였다.

아니, 사실 이때 싸웠던 kaiser2017은 초기 시절의 이신이었다.

아직 성숙되지 않아 몸을 내던지고 공격을 냅다 퍼붓는 거친 스타일이었지만, 그래서 더 막기 어렵고 위험하기도 했다.

"되게 공격적인데."

"원수진 것처럼 공격을 퍼붓는다."

끝내 이신은 모든 공격을 다 막았고, 싸움은 잠시 소강상태에 이르렀다.

앞마당 확장을 먼저 한 이신이 자원에서 앞서나갔고, 그걸 기반으로 병력을 모아서 진출.

확장 기지를 추가로 지으며 격차를 벌렸다.

Kaiser2017은 본진과 앞마당에서 캔 자원만으로 병력을 긁어모아 다시 한 번 타이밍을 잡고서 치고 나왔다.

다시 펼쳐진 격전.

그런데 여기서부터 이신의 칼 같던 디펜스가 조금씩 균열을 보였다.

'추가로 확장을 더 하는 바람에 지킬 곳이 더 많아졌다.'

이신은 수없이 복기해 본 리플레이를 다시 보며 그렇게 진단했다.

똑같은 스피드로 싸워도 지키는 쪽이 더 손이 많이 간다.

하물며 Kaiser2017은 2017년의 팔팔한 이신을 재현한 인공지능.

그때는 지나치게 극단적이라는 뚜렷한 결점이 미친 피지컬로 보완되어서 상대를 찍어 누르고 다니던 시절이었다.

스피드는 결코 이신의 아래가 아니었고, 이신은 점점 방어가 급해졌다.

그러는 동안 Kaiser2017은 결국 확장 기지를 추가로 늘리며 자원 격차를 따라잡기 시작했다.

이신도 그 와중에도 계속 확장하며 자원 격차를 벌리는 운영을 보여주었다.

하지만 그렇게 장장 49분의 혈투 끝에 이신은 패배했다.

맵을 양분한 상태로 자원이 모두 고갈되는 장기전으로 간 탓이었다.

먼저 확장하고 자원을 많이 먹었던 이신은 극후반이 되자 더 이상 먹을 자원이 없어졌다.

그에 비해 확장이 보다 더뎠던 Kaiser2017은 오히려 나중을 위해 자원을 보존해 둔 효과를 얻었다.

"진짜 괴물이다. 정말 왕년에 이러셨어요?"

차이의 물음에 이신은 고개를 끄덕였다.

보통은 초반부터 시작된 맹공에 상대가 추풍낙엽처럼 쓰러졌다.

제법 디펜스가 좋은 상대는 한 번 쉬었다가 다시 중반에 타이밍 잡고 나왔을 때 쓰러졌다.

그런데 그때도 막아내는 일류의 실력자를 만나면 지금처럼 후반까지 가는 양상이 나왔다.

자원 격차가 무의미한 장기전으로 끌고 와서 아직 파먹지 못했던 자원 지역을 무기로 승리한다.

이 세 가지가 같은 인류 종족을 만났을 때의 이신의 패턴이었다.

"배울 점이 되게 많네요. 이거 인공지능이 어떤 빌드 오더를 썼었는지 아세요?"

이신을 닮아 컨트롤 기교 위주의 공격적인 플레이를 즐기는 존이 눈을 빛내며 물었다.

이신은 고개를 끄덕였다.

"가르쳐 주지. 그러라고 보여준 거니까."

그래서 존과 차이를 연습 상대로 삼은 것이었다.

아직 빈틈이 많지만 과거의 자신과 스타일이 닮은 존.

판단력과 득실 계산의 정확함이 왕년의 이신에 버금가는 차이.

둘을 번갈아가며 연습 상대로 삼을 생각이었다.

그러기 위해 일단 이신은 존과 차이에게 빌드 오더를 가르쳐 주기 시작했다.

과거의 자신이기 때문에 어떤 빌드 오더를 썼는지 쉽게 짐작할 수 있었다.

옛날 주디를 가르쳤던 것처럼 이신은 존과 차이에게 일일이 말로 지시를 내리며 빌드 오더를 주입시켰다.

그렇게 몇 게임을 하고 나자 두 사람은 예전 이신의 플레이 스타일을 어느 정도 익혔다.

'역시 곧잘 따라하는군.'

원채 이신이 한눈에 알아볼 정도로 넘치는 재능을 가진 아이들이었다.

게임에서 완전히 손 떼고 푹 쉬고 난 덕에 정신이 리셋된 두 제자는 이신의 과거 스타일을 스펀지처럼 흡수했다.

"와, 몇 년 전 스타일인데 이거 꽤 괜찮네요?"

존이 특히 무척 좋아했다.

스타일이 이신을 닮은 존은 동경하던 오리지널 플레이를 직접 전수받자 더 성장한 느낌이었다.

"템포를 빠르게 유지해야 해."

이신이 충고했다.

"컨트롤은 좀 딸리지만 할 수 있을 것 같아요."

차이도 자신 있어 했다.

이신은 두 사람을 상대로 연습을 개시했다.

처음에는 둘 다 한 번씩 이신에게 패배를 당했다.

아직 익숙하지 않았던 모양이었다.

하지만 손이 풀리자 두 사람은 매우 공격적으로 이신을 위협했다.

이신은 방어 위주의 안전한 플레이로 맞섰다.

'똑같이 맞불을 놓으면 내가 유리할 게 없다.'

같이 피 튀기게 치고받으면 피지컬에서 밀리는 이신이 인공지능을 당해낼 리 없었다.

작정을 하고 방어하는 이신은 강했다.

안전하게 하면서도 기회를 봤다 하면 과감하게 치고 나가 확장을 했다.

어찌 보면 주디의 스타일을 닮은 자원이 부유한 운영이었다.

승률은 그럭저럭 비등비등했다.

하지만 하루의 연습이 끝나자 존이 말했다.

"선생님, 이건 선생님답지가 않은데요?"

"똑같이 해서는 인공지능을 못 이겨."

"리플레이들을 쭉 봤는데 선생님이 그 인공지능이랑 총 전적에서 밀리는 건 아니잖아요."

중국에서 프로리그를 치를 때 온라인에서 인공지능과 수차례 대전을 해보았다.

이신도 제2의 전성기를 맞이할 정도로 실력적으로 물 오른 터라 총 전적에서는 밀리지 않았다.

"잘하시는 건 여전하지만 하나도 무섭지가 않아요."

"뭐?"

이신은 흠칫했다.

존이 말했다.

"그건 차이나 누나가 할 법한 운영이잖아요. 선생님은 언제 터질지 모르는 시한폭탄처럼 훨씬 더 위험했다고요."

그때 대화를 듣던 차이가 반론했다.

"하지만 맞불을 놓고 난전을 펼치면 피지컬 싸움이 되잖아? 피지컬로 인공지능을 어떻게 이겨?"

"꼭 진다는 보장도 없지 않나? 속도에서는 지금도 딱히 인공지능에게 뒤지진 않던데."

"그건 초중반 얘기고. 후반을 보면 상대적으로 지친 게 느껴져."

"음……."

"방어적인 인류는 선생님이 가장 싫어하는 타입이었지. 인공지능 이기려면 그렇게 가야지."

존은 고민하는 기색이었고, 이신도 덩달아 고민을 해야 했다.

디데이가 서서히 다가오고 있었다.

*　　　*　　　*

보통 인류 대 인류전은 긴 사거리를 가진 기동포탑간의 대립 구도다.

맵의 지형에 따라 싸움의 양상이 다르지만, 대체로 상대 기동포탑의 사거리 안으로 먼저 발을 들이고 싶어 하지 않는다.

따라서 보통은 맵을 분할하는 전선이 짜이고, 그 대립 구도 속에서 서로 더 많은 자원 매장 지역을 차지하기 위해, 혹은 상대의 자원 공급을 망치기 위해 우아한 전략 대결을 벌인다.

그러한 인류 동족전을 길고 지루하다고 싫어하는 팬이 많은 반면, 깊이 있는 고차원적인 전략 싸움 때문에 좋아하는 마니아도 적지 않다.

하지만 그 인류 플레이어 중 한 사람이 이신이라면 이야기가 사뭇 달라진다.

스텔스 전투기든 항공수송선이든, 일단 지형지물과 전선을 무시하고 건너뛰어서 적진에 테러를 가한다.

그것은 난장판의 서막.

나폴레옹은 일찍이 테러를 '전선 없는 전쟁'이라 표현했는데, 딱 그 짝이었다.

수준 높은 전략 대결이고 나발이고, 하늘을 날아다니거나 전선을 우회해 적진에 파고들며 상대를 괴롭혀댔다.

거기에 대응하느라 상대가 정신없이 동분서주하면 이신은 더 날뛴다.

동분서주하느라 다른 곳에 빈틈이 생기게 마련이고, 그러면 그 빈틈을 귀신같이 찾아내 또 파고들어 테러를 가하기 때문.

그때부터는 전략 싸움이고 뭐고 그냥 개싸움이 된다.

이신이 점점 공세에 가속도를 내면, 게임은 더욱 롤러코스터처럼 숨 가빠진다.

여기저기 산발적인 전투가 벌어져 맵 전역이 피를 흘리는 진흙탕!

그런 구도에서 이신은 한 번도 가해자가 아닌 피해자의 입장에 서본 적이 없었다.

이신은 계속 상대가 괴로워할 만한 모든 수단을 다 동원했고, 거기에 당하는 상대는 죽을 맛이지만 보는 팬은 그저 짜릿하고 재미있다고 열광한다.

결국은 상대가 이신의 스피드를 쫓아가지 못해 무릎 꿇는다.

그것이 인공지능이 구사할, 전성기 시절 이신의 필승 패턴이었다.

'지금은 그러지 않지.'

자기 자신의 일이므로 이신은 누구보다도 예전과 현재의 차이점을 잘 알았다.

첫째, 예전에 비해 선수들의 디펜스 능력이 향상되었다.

둘째, 이신에 비견되거나 능가하는 피지컬의 소유자가 등장했다.

셋째, 가장 중요한 요소.

바로 이신의 나이였다.

당연하지만 이신도 나이가 들어 피지컬이 하락했다.

아직도 그의 피지컬은 최상위 수준. 괜히 사람들이 이신을 뱀파이어라고 부르는 게 아니었다.

하지만 이신은 늘 나이 들었다며 한탄을 하고 다녔는데, 그도 그럴 것이 정말로 팔팔하던 젊은 시절에 비하면 크게 떨어졌기 때문.

이신 본인은 스스로 체감되는 것이 있으므로 당연히 예전과 현재의 차이를 잘 안다.

인공지능은 분명히 맵을 양분하고 전략적인 대결을 펼치는 심플한 구도를 만들어주지 않을 것이다.

여기저기 정신없이 헤집어놓으며 난전을 유도할 것이다.

이에 대해 이신이 택할 수 있는 대응은 두 가지였다.

하나는 당하고만 있지 않고 똑같이 보복해 주는 것.

때리는 대로 막고만 있으면 억울하므로 같이 때려준다.

서로 치고받으므로 난전이 된다.

다른 하나는 디펜스.

공격보다 방어가 더 유리한 건 기본이었다.

인공지능이 아무리 날카롭게 공격해 와도, 그걸 때맞춰 적절히 막아내면 득실 계산상 이득을 취할 가능성이 높다.

그렇게 이득이 누적되고, 인공지능에게 손해가 누적되면 게임은 이긴다.

문제는 인공지능이 엄청난 스피드로 연속 공세를 펼칠 텐데, 그 템포를 따라갈 수 있느냐다.

'옛날의 나를 상대로 난전은 자신이 없다.'

그래서 이신은 후자를 택했다.

존과 차이는 공격적인 스타일로 이신을 몰아세웠고, 이신은 그것을 막아내며 세를 뻗치는 방식으로 맞섰다.

"이거 괜찮은 것 같아."

헤드셋 밖으로 존이 중얼거리는 소리가 언뜻 들렸다.

현재 이신은 존과 대전 중.

존은 게임이 잘 풀리고 있다고 생각하는 모양이었다.

"앞으로 인류를 만나면 이런 식으로 해야겠어."

확실히 자신감을 가질 만했다.

존은 예전의 이신처럼 극단적이었고 컨트롤 테크닉에 능했다.

하지만 그런 극단성이 가져다주는 단점을 커버할 수 있는 피지컬은 없었다.

결국 장단점이 매우 뚜렷해 기복이 심하다는 뜻이었다.

그런 존에게 예전 이신의 스타일은 아주 잘 어울렸다.

차라리 장점을 극대화시키는 편이 옳은 선택일지도 몰랐다.

단점이 뚜렷해 최고는 못 되지만, 때로 최고의 선수도 거꾸러뜨리는 스페셜리스트 말이다.

'하지만 이 정도 실력 갖고 만족하면 안 되지.'

이신은 호되게 쓴맛을 보여주기로 했다.

맵의 이름은 발화점.

3인용 맵으로, 가장 많은 자원이 매장된 스타팅 포인트는 세 곳.

그중 두 곳에서 각각 시작한 양측은 나머지 한 곳을 놓고 치열한 다툼을 벌인다.

서로 맵을 공평히 양분할 수 없으므로, 인류 대 인류의 대결이라 해도 장기전은 나오지 않았다.

상당히 오래전부터 공식 리그에 쓰였던 이 맵에서 이신은 전설을 썼다.

최고 승률, 최다승, 공식전 최다 출전.

당연하지만 이신은 이 맵에 대한 모든 것을 꿰고 있었다.

'스텔스 전투기를 몰래 모으는 심리전도 어설픈 주제에.'

이신은 맵 센터를 놓고 대치했을 때, 존의 기동포탑 숫자를 보고 곧바로 스텔스 전투기의 존재를 알아차렸다.

기동포탑의 숫자가 생각보다 적었는데, 그건 자원을 다른 유닛을 생산하는 데 썼다는 증거.

아니나 다를까, 3시 구석 지역을 레이더로 찍어보니 어김없이 스텔스 전투기들을 발견했다.

존은 이신이 그곳에 레이더를 썼다는 사실을 아직도 알아차리지 못했는지, 스텔스 모드 개발이 완료될 때까지 전투기들을 쓰지 않고 내버려 두었다.

그 짧은 틈에 이신은 전광석화로 움직였다.

건설로봇들을 과감하게 투입, 본진과 전방의 전선에 대공포를 설치했다.

기계보병도 5기까지 뽑아서 스텔스 전투기 편대의 대항마로 전방 배치했다.

그리고 지상군 주력을 이끌고 단박에 진격했다.

기동포탑의 숫자에서 우세하다는 것을 안 이상 가만히 있을 필요를 느끼지 못했다.

9시를 경유하여서 8시까지 우회기동!

단번에 제3의 스타팅 포인트인 8시 지역을 장악했다.

"……!"

그곳을 빼앗기면 진다는 걸 알기 때문에 존은 그제야 부랴부랴 스텔스 전투기 편대를 동원했다.

지상군도 접점지역인 맵 센터를 시계방향으로 우회하며 8시로 나아갔다.

하지만 8시를 먼저 장악한 이상, 그 상황의 주도권은 이신에게 있었다.

존은 이신의 빠른 행동에 부랴부랴 대응해야 했고, 즉 이신보다 판단과 행동이 반 발짝씩 느릴 수밖에 없었다.

이신은 다시 모든 병력을 모아서 진격시켰다. 목적지는 존의 본진인 4시였다.

―퍼퍼퍼퍼퍼펑!

단박에 다수의 기동포탑이 밀려와 포격을 퍼붓자 존은 눈 깜짝할 사이에 궁지에 몰렸다.

스텔스 전투기 편대는 여기저기 건설된 대공포와 기계보병들 탓에 오갈 데가 없었다.

자원을 투자해 모아놓은 전투기들이 쓸모가 없어졌으니 이신의 압도적인 우세였다.

존은 머리를 긁적이며 GG를 쳤다.

"어떻게 아셨어요?"

"기동포탑 숫자를 제대로 속였어야 했고, 아니면 내가 대처하기 전에 빨리 스텔스 전투기를 동원해서 재미를 봐야 했고, 그것도 아니면 내가 다른 생각 못 하게 계속 견제로 흔들었어야지. 3가지를 모두 못했으니 져야지."

이신은 속사포처럼 지적 사항을 세 가지나 늘어놓으며 존을 더 기죽였다.

차이가 웃으며 존을 위로했다.

"스텔스 전투기를 괜히 갔어. 센터 먼저 자리 잡아서 8시까지 선점할 수 있었는데 기동포탑 숫자가 부족해져서 놓쳤잖아."

"아 그러게."

존은 분통을 터뜨렸다.

그러거나 말거나 이신은 고개를 저었다.

"이걸로는 부족해."

"선생님을 흉내 내는 건 무리니까요."

차이가 수긍했다.

하지만 이신은 두 사람의 실력 부족을 지적한 게 아니었다.

존은 몰라도 차이는 실력적으로 이신이 얕볼 수 없는 경지였다.

하지만 본질적으로 인공지능 카이저는 두 사람과 느낌 자체가 달랐다.

'심리적으로 지고 들어가는 느낌이었다.'

아주 본질적인 문제.

게임을 하다 보면 상대의 움직임을 통해 어떤 심리를 가지고 있는지 느낄 수 있다.

존과 차이가 잘하든 못하든, 역시나 어떤 일련의 생각의 흐름을 느낄 수는 있다.

화가 났다.

겁을 먹었다.

무언가를 숨기고 있다.

노리는 게 따로 있다.

지쳤다.

멘탈이 나갔다.

이 같은 다양한 감정들이 눈에 보이는 플레이를 통해 느낄 수 있다.

이신이 스페이스 크래프트를 할 때 가장 즐기는 부분이 바로 그것.

상대의 생각을 느끼고 공유하는 것이었다.

그런데 인공지능 카이저는 달랐다.

기계적으로 내 할 일 하겠다는 냉철함 외에는 느낄 수 없었다.

인간이 아닌, 차가운 금속을 만진 듯한 차가운 느낌이었다.

'역시 사람이 아니라 인공지능이라서 그런 건가?'

그럴 수 있었다.

이 부분은 말로 구체적으로 형용할 수 없는 문제이므로, 인공지능에 프로그래밍하지도 못했을 수 있으니까.

그러면 그러한 이질감과 싸워야 하는 이신의 부담감은 더욱 늘어나는 것이었다.

그런데 이러한 고민은 뜻밖에도 누군가가 명쾌하게 해답을 들려주었다.

—너 원래 그랬어, 인마.

소속 선수의 안부도 물을 겸 전화를 걸어온 최환열의 말이었다.

"뭐?"

—너 원래 그랬다고. 인간성 없는 플레이.

이신은 그만 말문이 막혀버렸다.

—너무 이질적이어서 너한테서 단 한 세트도 따낸 사람이 아무도 없었지.

"……."

—네가 그렇게 느꼈다면 진짜 제대로 만든 거야, 그 인공지능. 그래, 당해보니까 어떻디? 그때 내 기분을 알겠냐?

그러면서 최환열은 낄낄거렸다.

옛날 이신에게 3—0 셧아웃을 당했던 수모를 떠올렸는지 아주 고소하다는 투였다.

결국 동족 혐오 같은 문제.

수많은 선수가 이신에게 패배했지만, 이신은 자기 자신과 붙어본 적이 없었다.

가장 까다로운 상대는 바로 자기 자신이었음을 알게 된 셈이었다.

"형은 그때 날 어떻게 이기려 했어?"

이신은 최환열에게서 힌트를 얻고자 했다.

—체념하고 있었지. 질 걸 뻔히 알았으니까.

"……."

—농담이고.

그제야 최환열은 진지하게 말했다.

—센터를 잡지 못하면 가망이 없다고 보았다.

"센터?"

—결국 영역 다툼이잖아. 센터를 잡으면 어떻게든 되겠지 싶었다. 뭐, 결국 네가 센터 싸움에서도 강하다는 걸 깨달았지만.

결국 최환열과 머리를 맞대고 고민해도 답은 나오지 않았다.

그런데 그때였다.

파아아앗!

별안간 눈앞에 블랙홀이 나타났다.

'뭐지?'

이신은 주변의 모든 것이 정지되었다는 것을 깨달았다.

정지된 시간 속에서 이신은 블랙홀로 빨려 들어갔다.

마계로 소환된 것이야 한두 번이 아니라서 익숙했지만, 이신이 느낀 의문은 따로 있었다.

'특별한 일이 없으면 당분간 부르지 말라고 부탁했었는데.'

마계에서 무언가 특별한 일이 생겼다는 뜻이었다.

제2장

새로운 룰

마계에 도착했을 때, 눈앞에 그레모리가 있었다.

"바쁘신 와중에 미안해요."

"아닙니다. 무슨 일입니까?"

이신이 물었다.

그레모리는 대답 대신 서신 한 장을 내밀었다.

양피지에 이질적인 핏빛 글씨가 써 있었다.

괴상한 글씨였지만 이신은 희한하게도 그것을 읽을 수 있었다.

몇 번 본 적이 있기 때문에 이제는 새삼 신기할 것도 없었는데, 그것은 마계의 문자였다.

마력을 단 1이라도 지니고 있으면 누구든 읽을 수 있는 표의문자.

심지어 마수들조차 의미를 알아보기 때문에, 악마군주들은 때때로 영지에 자신의 피로 경고문을 써 마수의 난입을 막곤 했다.

그런 신비한 문자로 쓰인 글귀는 다음과 같았다.

[서열전에 임하는 72악마군주 및 상급 악마 여러분께 알립니다.

서열전 단체전 규정이 새로이 확립되어서 이에 대해 알려드립니다.]

'단체전!'

결국은 모두가 예감했던 일이 벌어졌다.

이신은 주먹을 불끈 쥐었다.

'드디어 왔군.'

일단은 서신을 계속 읽어보았다.

[첫째, 서열전에 임하는 도전자와 피도전자는 1명의 지원자를 부를 수 있다.

둘째, 상대가 지원자를 부를 경우, 본인도 반드시 사흘 이내에 지원자를 구하여야 한다.

셋째, 악마라면 누구나 지원자로서의 자격이 있다.

넷째, 지원자를 부를 시 배팅하는 마력은 최소 2만에서 최대 10만까지이며, 승리 시 지원자와 공평하게 나눠 갖는다.

다섯째, 지원자 측은 마력을 배팅할 책임을 지지 않는다.]

요컨대, 도전하는 쪽이든 도전받는 쪽이든 지원자를 부를 수 있고, 상대가 부르면 이쪽도 무조건 사흘 안에 불러야 한다는 뜻이었다.

그렇게 2 대 2가 되니 배팅도 2배로 뛴다.

'다른 계약자와의 관계가 더 중요해지겠구나.'

특히 실력 있는 계약자와 친분을 유지해야 앞으로의 서열전에서 유리했다.

그렇지 않으면 서열전 단체전을 치러야 할 때 부를 수 있는 실력 있는 계약자가 없어서 곤란해진다.

그뿐만이 아니었다.

두루 친분이 있으면 다른 악마군주들의 서열전에도 참가할 기회가 많이 생긴다.

서열전에 참가할 기회가 많을수록, 마력을 얻어 순위를 높일 기회도 늘어나는 셈이었다.

결국 앞으로 계약자는 실력뿐만이 아니라 인간관계도 중요해진다는 뜻인데…….

'그딴 건 필요 없지.'

결국 본질은 실력이라고 이신은 판단했다.

실력이 뛰어나면 일면식 하나 없어도 지원 요청을 받는다.

반대의 경우도 마찬가지.

이신 같은 실력자가 부르면 지원자로 나서줄 계약자가 많다. 이겨서 마력을 딸 기회인데 누가 거부하겠는가?

"어떻게 생각하시나요?"

그레모리가 질문했다.

이신은 미소를 지으면 말했다.

"아주 좋은 기회입니다. 생각보다 더 빨리 1위까지 치고 올라갈 수 있을 것 같습니다."

"그런가요?"

"이미 저는 축제에서 단체전 실력을 떨쳤습니다. 개인의 실력은 뛰어나지만 단체전에서의 팀워크는 미지수인 다른 계약자와 다릅니다."

"아하, 그러면 여기저기서 카이저에게 요청이 많이 들어오겠네요."

"아마 그럴 겁니다."

결국 서열전이라는, 영원한 적도 아군도 없는 치열한 이 경쟁 시스템에서는 실력이 무엇보다도 중요했다.

'어쩌면 정말 좋은 기회가 될 수 있다.'

이신이 눈을 빛내며 보고 있는 조항은 바로 셋째였다.

*　　　*　　　*

단체전 규칙이 새로 생기자마자 가장 먼저 움직인 이들이 있었다.

"악마군주 보티스가 치고 올라왔어요."

새로운 소식을 접한 그레모리가 식사 자리에서 이신에게 말했다.

"악마군주 보티스라면……."

"계약자는 비스마르크예요. 지금 16위까지 치고 올라왔고, 조만간 우리에게 도전할 것 같아요."

이신은 꽤나 놀랐다.

비스마르크의 위에는 원승환과 제르지 카스트리오티가 있었다.

비스마르크가 그 두 사람을 연달아 격파했다는 뜻인데, 이신이 생각하기에 그의 실력은 그 정도는 아니었다.

"원승환이나 제르지 카스트리오티나 그렇게 쉽게 당할 실력이 아니었는데요."

"보티스가 할파스와 손잡았어요. 기억나시죠? 비스마르크가 축제 때 누구와 한편이었는지요."

이신은 곰곰이 할파스가 누구인지 기억을 더듬었다.

72악마군주의 이름 정도는 다 외우고 있었기 때문에 금세 누군지 알 수 있었다.

"발터 모델이군요."

"네, 단체전 규칙이 생기자마자 한편이 되어 움직였어요. 이포스도 레라지에도 지원자를 구해서 대응했지만 이미 축제 때 호흡을 맞춰본 그 두 사람을 당해내지 못했다고 하네요."

이신은 그것이 비스마르크가 주도한 일임을 알 수 있었다.

외교의 달인이었던 비스마르크는 단체적 규칙이 생기면서 불어닥친 변화를 기회로 보았음이 틀림없었다.

'발터 모델도 비스마르크를 이용해 날 견제할 속셈을 품고 있겠군.'

이신은 자신이 최상위에 포진한 계약자들에게 위협이 되고 있다는 사실을 잘 알고 있었다.

발터 모델도 이신을 의식하고 있기는 마찬가지.

비스마르크를 이용한다면, 마력 배팅의 리스크를 짊어지지 않아도 이신과 간접적으로 대결할 수 있다.

또한 단체전은 배팅이 2배이므로 이신을 패배시킨다면 더 순위를 더 추락시킬 수도 있고 말이다.

아마 비스마르크도 이를 빌미로 발터 모델을 끌어들인 것이리라.

'발터 모델과 비스마르크라……'

두 사람 모두 드워프.

축제의 경험을 비추어보면 틀림없이 어마어마한 강철의 물결로 전장을 뒤덮을 터.

당연하지만 화력 대 화력의 정면 대결만으로는 그 둘과 싸워 이기기 힘들었다.

'그렇다면 더더욱 내 생각이 맞는지 확인할 수 있는 계기가 되겠군.'

이신은 오히려 발터 모델과 비스마르크가 어서 도전해 오기를 기대했다.

"나폴레옹에게 도움을 청하는 건 어떨까요? 축제 때 인연도 있으니 틀림없이 도와줄 거예요. 반대로 그 또한 카이저의 도움이 필요할 때가 올 테니까요."

그레모리가 제안했다.

그녀로서는 서열전 단체전의 경우 배팅이 2배가 되므로 최대한 안전을 도모하고 싶어 하는 게 당연했다.

가장 안전한 선택이 나폴레옹임은 두말할 필요도 없고 말이다.

하지만 이신은 고개를 저었다.

"아닙니다."

"어째서요? 더 좋은 지원자를 떠올렸나요?"

"예."

"혹시 안드로말리우스의 계약자 오운을 생각하시나요? 휴먼과 휴먼보다는 휴먼과 마물이 더 종족 조합으로는 괜찮을 수 있으니까요."

“마물은 맞습니다만 오자서는 아닙니다.”

그레모리는 빙긋 웃으며 이신을 채근했다.

“점점 궁금하게 하시는군요. 생각하시는 지원자가 누구예요?”

“질 드 레.”

“…네?”

“질 드 레를 지원자로 내세우면 이겼을 때 2배로 배팅한 마력이 고스란히 우리의 것입니다.”

그랬다.

이신이 새로운 규칙에 주목한 것은 셋째 조항.

악마라면 누구나 지원자로서의 자격이 있다.

즉, 계약자가 아닌 일개 권속 악마인 질 드 레도 자격이 있는 것이다.

그러면 지원자 측에 따로 승리의 대가를 공평히 나눌 필요가 없어진다.

10만 마력을 배팅해서 이기면 그게 고스란히 그레모리에게 돌아가며, 서열 상승으로 이어진다.

“하지만 질 드 레로는 부족하지 않을까요?”

“실력은 충분하고, 특히 제 권속인 만큼 지시대로 움직이는데 익숙합니다.”

이신은 자신감을 드러냈다.

“발터 모델과 비스마르크라면 좋은 시험 상대가 되겠군요.”

아니나 다를까?

얼마 안 있어서 악마군주 보티스와 비스마르크가 그레모리의 영지를 찾아왔다.

"마신께서 세우신 율법에 따라 도전하러 왔다. 그리고 우리는 지원자로 악마군주 할파스 측을 부를 것이다."

비스마르크도 이신에게 고개를 살짝 끄덕여 보이며 간단히 눈인사를 했다.

"도전을 받아들인다."

그레모리가 쾌히 대답했다.

"그쪽도 지원자를 구해야겠지. 사흘까지 시간이 필요한가?"

"그럴 필요 없다. 이쪽도 지원자를 구했으니까."

"잘됐군. 그럼 전장과 배팅할 마력을 선택해라."

그레모리는 잠시 이신과 눈빛을 교환했다.

이신이 고개를 끄덕이자 그레모리가 답했다.

"제4 전장 엔터홀, 마력은 10만을 배팅한다."

2배치의 최대 배팅!

10만이라면 이 10위권 구간에서도 서열이 뒤바뀌는 마력량이었다.

배팅에서 드러나는 엄청난 자신감.

악마군주 보티스는 깜짝 놀랐다.

"그쪽의 지원자가 누구지? 혹시 나폴레옹인가?"

"아니, 이 자리에 있다."

보티스는 주위를 둘러보았다.

이 자리에 있는 존재는 그레모리와 이신, 그리고 사도들로 보이는 6인이었다.

아니, 사도는 5명이니 1명은 그냥 권속일 터.

보티스가 주위를 둘러보며 의아해할 때, 비스마르크가 손뼉을 치며 말했다.

"그의 권속인 질 드 레를 지원자로 선택했군요."

"그렇다."

"허허, 그리 되면 2배치의 배팅을 고스란히 획득할 수 있지. 하지만 지면 피해도 2배인데 정말 대단한 자신감이구려."

비스마르크는 진심이냐는 질문을 눈빛에 담아 이신을 쳐다봤다.

이신은 태연자약했다.

자신이 있었다.

질 드 레의 실력은 2 대 2 대결에서 팀원으로 쓸 수 있을 만큼 충분히 성장했고, 자신이 오더를 내리는 이상 그 실력의 120%까지 발휘될 터였다.

본래 이신의 사도였으며 전장에서 현장 지휘관 노릇까지 했던 질 드 레라면 이신과 환상의 호흡을 자랑할 것이기 때문이다.

"아직 대답을 못 들었는데. 겁이 난다면 그냥 물러나도 상관없다만?"

그레모리가 물어왔다.

보티스는 이를 악물고는 고개를 끄덕였다.

"좋아, 받아들인다. 10만이나 되는 마력을 내건 것을 후회하게 해주마."

그들은 이내 제4 전장 엔터홀로 이동했다.

뿐만 아니라 비스마르크 측의 지원자인 발터 모델도 악마군주 할파스와 함께 나타났다.

—내 계약자가 지원자로 참전했다기에 같이 와봤지.

악마군주 할파스는 거대한 비둘기의 모습을 띠고 있었다.

하지만 음성은 쉬어 있었고, 몸에서는 시체 냄새가 진동하여서 눈살을 찌푸리게 만들었다.

평화의 상징인 비둘기의 모습이나 실은 무기를 공급해 주고 요새를 축조해 주는 등 전쟁을 유발시키는 능력을 가진 호전적인 악마군주였다.

그리고 짧은 머리칼에 밝은 인상의 백인은 축제 때 만나보았던 발터 모델.

2차 세계대전 때 독일의 장군으로서 불리한 전장에 투입되어 늘 괴력적인 방어 능력을 선보여 '히틀러의 소방수'라는 별명으로 통했던 사내였다.

그 스타일은 서열전에서도 그대로 이어져 철갑을 두른 것처럼 매우 방어적이고 탄탄하다.

"오랜만이군?"

"예."

"이렇게 다시 볼 줄은 몰랐지?"

"그렇습니다."

"일대일 대결을 기대했는데, 축제 때처럼 다시 단체전으로 겨룰 줄을 누가 알았겠나."

"하지만 이걸로 리스크 없이 절 낙오시킨다면 그것도 좋다고 생각하셨겠지요?"

이신의 반문에 발터 모델은 씨익 웃었다.

"그야 당연하지."

*　　　*　　　*

"제가 서열전에 참가하는 날이 올 줄은 몰랐습니다."

질 드 레는 감회가 새로웠다.

한때 계약자였지만 성적이 좋지 않아 지옥으로 쫓겨났다가 이신의 사도로 임명받았다.

그리고 이제는 계약자는 아니지만 엄연한 지휘관으로서 서열전에 참가하게 되었다.

"우연인지 운명인지 모르겠습니다만, 이번에도 서열 15위를 가르는 서열전이군요."

질 드 레가 처음 계약자가 되었을 때 받들었던 악마군주 엘리고르는 서열 15위였다.

공교롭게도 서열 15위에서 질 드 레는 다시 서열전을 시작하게 된 것이었다.

"시키는 대로만 잘하면 돼."

이신은 덤덤히 말했다.

나폴레옹이나 오자서 등 지원 요청을 할 수 있는 계약자가 수두룩함에도 질 드 레를 선택한 과감한 결단을 내렸지만, 이신은 오히려 아무런 걱정도 없어 보였다.

어차피 단체전의 역량은 대부분 오더 내리는 사람의 판단력에 달린 문제였다.

팀원이 가져할 할 가장 큰 덕목은 그 오더를 이해하고 신속 정확하게 실행하는 것.

그런 점에서 이신은 매일같이 함께 모의전을 하고 서열전에 대해 의견을 주고받으며 소통했던 질 드 레가 최고의 적임자라고 생각했다.

그동안 질 드 레를 연습 상대로 쓰면서 가르친 보람이 있었다. 이렇게 질 드 레를 써먹을 날이 올 줄을 누가 알았겠는가.

"두 사람의 능력은 기억하고 있지?"

"예, 발터 모델은 수비 상황일 때 공격력이 15% 증가하고, 비스마르크는 병력 소환과 무기 개발 속도가 일시적으로 30% 증가합니다."

"정찰로 계속 살펴봐야겠지만, 아마 두 사람은 먼저 전선을 그어서 전장을 잠식하고 그것을 지키는 패턴으로 나올 거다."

"비스마르크의 능력이라면 확실히 우리보다 치고 나오는 타이밍이 한발 앞설 테지요."

질 드 레도 동의하며 말했다. 두 계약자에 대한 분석이 확실하게 되어 있는 질 드 레였다.

"우리는 그렇게 그어진 전선의 빈틈을 파고들어서 다방면을 빠르게 타격하는 형태를 취할 거다. 그러려면 마물인 네 역할이 중요할 거야."

"예."

"길은 내가 열겠다. 넌 길이 열린 순간 망설이지 말고 치고 들어가라."

"맡겨주십시오, 주군."

질 드 레의 두 눈이 매섭게 빛났다.

오랜만에 서열전 전장에 지휘관으로서 다시 서서 부담감도 있었다.

하지만 그래도 살아생전 잔 다르크와 함께 백년전쟁을 승리로 이끌어 젊은 나이에 프랑스 최고의 군사적 실력자가 된 남자였다.

싸워야 할 때가 되자 위축된 모습을 조금도 보이지 않았다.

[악마군주 그레모리님과 악마군주 보티스님의 서열전입니다. 전쟁의 승패가 서열과 마력에 영향을 줍니다. 마력은 20만이 배팅됩니다.]

[마력 20만이 마력석이 되어 전장에 유포됩니다.]
[상급 악마 질 드 레와 계약자 오토 모리츠 발터 모델이 지원자로서 참전합니다.]
[종족을 선택해 주십시오.]

"휴먼."
"마물."
"드워프."
"드워프."
네 사람이 일제히 대답했다.
그들은 서로를 응시하며 전의를 다졌다.
결전 직전의 긴장감이 네 사람의 사이로 흘렀다.

[서열전이 시작됩니다.]
[계약자 이신, 상급 악마 질 드 레, 계약자 오토 폰 비스마르크, 계약자 오토 모리츠 발터 모델님께서 참전합니다.]

서열전이 시작되었다.
이신과 질 드 레로서는 처음 치르는 4인 단체전이었다.
시작되자 일단 서로의 위치부터 확인했다.
이신은 7시.
질 드 레는 5시.

제4 전장 엔터홀은 정사각형 형태로 시작 지점은 각 4개의 모서리에 위치해 있다.

그렇다면 비스마르크와 발터 모델의 위치는 11시와 1시에 있다는 뜻.

'남북 전쟁의 형태가 되겠군.'

북쪽에 있는 두 드워프는 이신 일행을 남쪽으로 거세게 밀어붙여서 몰아세울 것이다.

—저들이 언제 치고 나올지 그 타이밍을 봐야겠습니다.

질 드 레의 말에 이신이 답했다.

—간단해.

—어떻게 말입니까?

—비스마르크가 고유 능력을 언제 쓰는지 보면 돼.

이신이 계속 말했다.

—발터 모델은 드워프 총수를 좀 더 많이 소환할 거다. 대포 소환에 집중하는 건 비스마르크다.

—예, 드워프 총수를 더 많이 보유한 쪽이 어디인지 확인해 보겠습니다.

대화가 척척 잘 통했다.

질 드 레는 즉시 헬하운드 1마리를 정찰 보냈다.

먼저 간 쪽은 1시.

1시의 드워프 진영에 당도한 헬하운드는 본진으로 들어서다가 막 소환된 드워프 총수와 맞닥뜨렸다.

타앙—!

"키엑!"

헬하운드는 총 1발을 맞았지만 죽지 않고 그곳에서 빠져나왔다.

질 드 레가 말했다.

'1시는 비스마르크입니다. 드워프 총수가 소환되는 타이밍이 늦었습니다.'

'마력 채집에 집중하면서 최소한의 경비를 위해 1명만 소환한 거지. 비스마르크가 맞아.'

두 사람은 단편적인 정보만으로 1시가 비스마르크이고 11시가 발터 모델임을 확신했다.

더불어 비스마르크가 대포 소환을 위해 마력 확보에 집중하고 있다는 것 또한.

이어서 11시에 가까이 접근한 헬하운드는 드워프 총수 2명을 확인했다.

타앙!

탕!

"케엑!"

이번에는 2발의 총에 맞아 즉사한 헬하운드.

하지만 2명의 드워프 총수를 보고서 이신의 예상이 모두 맞아 떨어졌다는 것을 알 수 있었다.

—헬하운드는 10마리까지 뽑아라. 전투는 벌이지 말고…….

—제가 헬하운드를 대량으로 보유하려 한다는 낌새만 보여 주겠습니다.

—그래, 발터 모델이 드워프 총수를 많이 소환하게 만들어라. 그리고 너는 헬하운드가 아니라 마룡을 준비해.

—예.

척척 맞아떨어지는 대화.

질 드 레는 헬하운드 10마리를 이끌고 떠났다.

의도가 성공하면 발터 모델은 드워프 총수를 더 많이 소환하느라 대포를 확보하는 시간이 늦어지고, 위협감을 느껴서 방어에 집중하느라 공격적으로 행동하지 못할 것이다.

발터 모델을 속여 넘길 수 있을지는 질 드 레의 연기력에 달렸다.

질 드 레는 일단 헬하운드 2마리로 발터 모델의 1시 진영 앞에 얼쩡거렸다.

발터 모델의 드워프 총수는 5명으로 늘어나 있었다.

드워프 총수들이 우르르 나와 헬하운드 2마리를 쫓아왔다.

2마리는 계속 좌우로 움직여 도발하면서 드워프 총수들을 바깥으로 유인했다.

하지만 그 노골적인 유인에 발터 모델은 걸려들지 않았다.

앞마당 앞에 이어진 갈림길에서 멈춰서더니, 그중 1명이 다른 방면의 길로 향했다.

그쪽에서 숨어 있던 헬하운드 8마리를 발견했다.

들통 난 8마리는 즉각 달아났다.

—이 정도면 최선을 다했습니다.

—그럼 됐어. 계속 헬하운드로 정찰해서 드워프 총수의 숫자를 체크해.

방금 전, 질 드 레는 적 병력을 바깥으로 유인한 뒤 빈집을 털려는 위협을 발터 모델에게 보여주었다.

이를 본 발터 모델은 위협을 느껴서 드워프 총수의 숫자를 더 늘릴 것이다.

또한 언제든 본진이 텅 빈 순간을 노리고 침투해 올 수 있으니 병력을 적극적으로 진군시키지는 못할 터.

그것을 이용하여서 이신은 아주 과감하게도 궁병을 달랑 1명만 소환해 놓고는 테크 트리를 타는 데 집중했다.

덕분에 시간과 마력의 낭비 없이 빠르게 투석기가 제작되고 있었다.

'이제 슬슬 비스마르크도 첫 대포가 소환될 때인데.'

비스마르크는 아직 고유 능력을 사용하지 않았다.

지금쯤 사용해야 대포를 빨리 소환해 좋은 자리를 선점할 수 있는데 말이다.

지난번에 싸울 때도, 비스마르크는 우선 대포를 이신의 투석기보다 먼저 마련해서 좋은 교두보를 선점하는 전략을 선보였었다.

비록 고유 능력을 사용하면 300마력을 써야 하지만, 그만한 마력 소모를 감수할 만한 가치가 있는 교두보였다.

'가만…….'

이신은 문득 다른 생각이 들었다.

바스마르크가 그러한 전략 패턴을 써먹었던 전장은 제7 전장 오린이었다.

전장 중앙이 산처럼 높이 솟아 있어서 그곳에 자리 잡으면 어느 방면이든 적을 내려다볼 수 있었다.

초반에 300마력을 소모할 가치가 충분한 전략적 거점이었다.

하지만 이곳 제4 전장 엔터홀은 오린처럼 아주 뚜렷하게 중요한 거점은 없었다.

적어도, 고작 대포 1기를 일찍 소환하려고 이 초반에 300마력을 뽑을 정도는 아니라는 뜻이었다.

'그렇다면…….'

이신은 비스마르크의 의중을 대략 파악할 수 있었다.

비스마르크의 고유 능력은 300마력을 소모해야 한다.

그 소모가 아깝지 않으려면 최대한 효율적으로 활용해야 한다.

적어도 대포 4기를 한꺼번에 소환할 때 사용해야 더 효과가 극대화된다.

아니, 대포 4기 이상과 더불어 대포의 공격력을 업그레이드할 때 사용하면 더 효율이 높아진다.

'언제 치고 나올 건지 타이밍이 대략 짐작이 가는군.'

그렇다면 이신의 대응은 간단했다.

이신 또한 투석기를 대량으로 제작할 채비에 나섰다.

투석기 제작을 잠시 중단하고, 마력을 특수병영과 투석기를 제작하는 공병의 소환에 집중한 것이다.

비스마르크가 당장 치고 나올 게 아니면 이쪽도 급하게 투석기를 마련할 필요는 없었으니 말이다.

'이 전장은 중앙 지역이 꽤 넓고 경사도 평탄하지. 좋은 자리를 빼앗겼어도 더 많은 수로 밀어붙이면 쉽사리 되찾을 수 있어.'

이신은 계산에 계산을 거듭하며 상대측의 의도를 유추했다.

극히 단편적인 정보만으로도 많은 것을 예측하고 있었고, 실제로 이신의 계산은 맞아떨어졌다.

다만…….

―주군, 발터 모델이 치고 나옵니다!

계산에는 한계가 있었고, 발터 모델이 드워프 총수 부대와 더불어 폭격기까지 1기 마련했을 줄은 당연히 몰랐다.

'폭격기?'

'제 의도가 들킨 걸까요?'

폭격기가 1기 있으면 드워프 총수와 함께 마룡을 상대하기가 매우 편해지는 것.

마치 질 드 레가 마룡을 소환할 줄을 알고 대처한 듯했다.

하지만 이신은 고개를 저었다.

—헬하운드를 대량으로 소환했다면 더더욱 폭격기가 활약했겠지. 발터 모델은 네가 독포자꽃을 뽑지 않을 거라는 점만 확신하고 폭격기를 선택했을 거다.

—그렇군요. 독포자꽃은 드워프의 대포에 취약하니까요.

질 드 레의 주력이 헬하운드든 마룡이든 상관없이 폭격기는 좋다.

'상대는 역시 상당히 현명하군.'

아마도 상대 팀은 오더를 발터 모델이 내리고 있을 터.

폭격기 선택은 당연히 발터 모델의 판단이었으리라.

'내가 비스마르크의 대포에 대항하기 위해 투석기에 집중하리라는 것까지도 알고 있었을 테지.'

이신이 축제 때도 선보였던 그리핀 편대를 동원했다면, 폭격기는 나쁜 선택이다.

하지만 발터 모델은 이신이 그리핀을 소환할 수 없다는 것까지도 알고 있었다.

단편적인 정보를 통해 상대의 속내까지 유추하는 것은 이신만이 아니었던 것이다.

'재미있군.'

이신은 미소를 지었다.

비스마르크와 발터 모델.

아니, 비스마르크를 앞세운 발터 모델과의 대결이 갈수록 흥미진진해지고 있었다.

이 대결을 오래 즐기려면, 일단 드워프 총수 부대+폭격기의 조합으로 진군해 오는 발터 모델의 첫 번째 공세부터 막아야 했다.

제3장

새로운 전략

발터 모델의 진격과 함께 새로운 안내음이 떴다.

[계약자 오토 폰 비스마르크님께서 고유 능력을 사용합니다. 300마력이 소모됩니다.]
[병력 소환 및 무기 개발 속도가 일시적으로 30% 증가합니다.]

비스마르크가 마침내 고유 능력을 사용한 것이다.
곧 있으면 대포가 쏟아져 나온다는 뜻이었다.
—타이밍에 맞춰서 발터 모델이 치고 나온 거군.

이신의 말에 질 드 레가 의견을 제시했다.

—대포를 유리한 위치에 배치하기 위해 일단 우리를 압박해 남쪽으로 더 밀어 넣겠다는 뜻으로 보입니다.

—맞다.

이신도 동의했다.

대포는 한 번 자리를 잡고 나면 긴 사거리와 위력으로 일대를 장악하며 적의 접근을 불허한다.

그러니 처음 자리 잡는 위치가 중요했다.

한편 이신 측도 너무 좋은 위치를 내줘서는 안 되었다.

한 번 대포가 자리 잡고 나면, 그 자리를 기점으로 전선이 짜이니까.

'최소한 3시를 확보할 수 있는 위치까지 대포가 내려올 것이다.'

대포나 투석기를 배치해 서로 땅따먹기를 하는 이유는 단연 매장된 마력석 때문이다.

현재 이 전장에는 서로의 본진과 앞마당은 물론이고 3시, 6시, 9시, 12시 등에 마력석이 분포되어 있다.

발터 모델 측이 북부를, 이신 측이 남부를 가져간다 했을 때, 그 중간에 끼어 있는 누구의 것도 아닌 지역은 바로 3시와 9시.

이번 싸움의 핵심적인 쟁점 지역이다.

발터 모델의 계획이 명확하게 그려졌다.

일단 드워프 총수 부대와 폭격기를 동반한 병력으로 이신 측을 압박해 경거망동 못 하게 하고, 그 틈에 비스마르크가 대포를 쏟아내 3시를 순조롭게 장악한다.

아주 깔끔한 계획이다.

'세상 일이 그렇게 단순명쾌하게 정리되면 참 좋겠지.'

이신은 속으로 중얼거리며 냉소했다.

이신은 그렇게 깔끔하게 상대가 원하는 그림을 그리게 놔두는 성격이 아니었다.

상대의 의도대로 끌려갈 바에는 차라리 서로 지저분하게 뒤엉켜서 상황이 꼬여 버리는 쪽을 택한다. 망설임 없이.

—질 드 레, 바로 출진해라.

—발터 모델의 병력을 요격합니까?

—아니, 무시하고 발터 모델의 본진으로 달려. 발터 모델의 움직임이 한발 빨랐지만 기동성은 네가 우위다.

—알겠습니다.

질 드 레의 본진과 발터 모델의 본진을 서로 바꾸겠다는 배짱이었다.

정면으로 양측이 맞붙으면 발터 모델이 우세하지만, 건물을 깨부수는 건 헬하운드가 훨씬 잘한다.

게다가 생존력도 드워프보다 마물이 더 좋기 때문에, 아마 발터 모델이 먼저 물러날 거라고 생각했다.

만약 안 물러난다면?

그러면 정말로 질 드 레와 발터 모델을 맞바꿔서 공멸시키는 선택을 할 것이다.

일종의 기 싸움.

이신은 조금도 물러날 생각이 없었다.

정말로 둘이 공멸되는 복잡하게 꼬인 상황이 되면, 그런 혼란 속에서의 임기응변은 누구보다도 자신이 있었다.

원채 서로 물어뜯는 진흙탕 싸움을 좋아하는 스타일 탓이었다.

헬하운드와 마룡들이 함께 발터 모델의 11시 본진으로 북상하는 모습이 곧 상대측에게도 포착되었다.

발터 모델의 판단은 역시나 회군이었다.

굳이 모험을 하지는 않겠다는 태도였다.

다시 본진을 지키기 위해 돌아오는 발터 모델의 병력을 보며, 질 드 레가 다시 물었다.

—이제 저도 빠지겠습니다.

—아니, 1시로 가.

—1시?

—비스마르크가 대포 전진시키는 걸 늦춘 다음에 철수해.

—아! 알겠습니다.

질 드 레는 대답하면서도 이신의 심중을 알아차리고는 감탄한 눈치였다.

11시로 향하며 발터 모델의 본진을 한 번 위협했던 질 드 레는 이어서 방향을 돌려 1시로 질주했다.

이때, 비스마르크는 자신의 고유 능력을 활용하여서 대포들을 비정상적으로 빨리 소환한 상태였다.

그렇게 나온 대포의 숫자는 5기.

그에 비해 이신은 완성된 투석기는 2기뿐이고, 3기가 아직 미완성이었다.

이대로라면 먼저 치고 내려온 비스마르크에게 좋은 자리를 빼앗겨서 3시를 내줘야 하는 상황.

그런데 바로 그 타이밍에 질 드 레가 헬하운드와 마룡들을 거느리고 1시에 나타난 것이었다.

대포 소환에 집중한 비스마르크는 하늘을 날아다니는 마룡들을 상대할 전력이 부족했다.

발터 모델의 병력이 뒤쫓고 있었지만 상대적으로 이동속도가 느렸다.

비스마르크는 귀중한 대포들을 마룡들에게 허망하게 잃을 수 없으므로, 나오려다가 다시 본진으로 돌아갔다.

—시간 끌었습니다.

—이제 빠져. 3시에서 합류하자.

—예, 주군.

투석기 5기가 완성되자마자 이신은 전부 이끌고 나왔다.

그 길로 3시를 향해 북진.

1시를 거쳤다가 다시 내려온 질 드 레의 병력과 합쳐졌다.

비스마르크도 발터 모델과 합류하여서 3시를 향해 내려왔다.

대포가 자리를 잡았고, 이신의 투석기가 재조립되었다.

결국 양측은 3시를 두고 서로 대립하고 있는 형태가 이루어졌다.

3시 지역이 대포와 투석기의 사거리에 모두 들어가 있어서 아무도 차지할 수 없는 형태가 된 것이었다.

—주군의 전략대로 됐습니다! 대단하십니다.

—좋아. 이제 우리가 한발 앞서 나갔다.

비스마르크는 300마력을 투자해 고유 능력까지 써가면서 대포를 일찍 소환했다.

이는 대포들을 빨리 내보내서 3시 지역을 안정적으로 차지하기 위해서였다.

그런데 질 드 레가 와서 위협하며 시간을 벌어준 덕분에 이신은 늦지 않고 투석기를 다 완성시킬 수 있었다.

결과적으로 3시를 놓고 대립하는 형태가 되었으니, 고유 능력을 사용하고도 성과를 못 거둔 비스마르크가 손해를 본 것이었다.

—3시와 9시를 다 먹을 셈이었나 보군.

—타이밍 맞춰 유기적으로 움직이는 걸 보니 갈고닦았던 전략인 것 같았습니다. 그런데 주군께서 단번에 간파하셨습니다.

질 드 레는 계속해서 이신에게 찬사를 보냈다. 아부를 하는 성격이 아니니 진심으로 감탄한 것이었다.

본래 발터 모델은 비스마르크의 고유 능력을 활용해 3시를 차지하고, 자신은 드워프 총수 부대와 폭격기로 질 드 레를 압박하며 9시를 차지할 의도였다.

중립 지대에 있는 3시와 9시의 마력석을 모두 차지하여서 이신 측을 마력적으로 고사(枯死)시키겠다는 책략.

하지만 이신은 거의 본능적인 판단으로 발터 모델이 먼저 치고 나왔을 때 장단에 맞춰 놀아주지 않았다.

질 드 레와 발터 모델을 맞바꾸겠다는 극단적인 대응으로 물러나게 만들었다.

기 싸움에서 밀린 타격은 생각보다 컸다.

질 드 레의 뒤를 쫓는 입장이 된 발터 모델은 계속 행동이 한발씩 뒤처지게 되었다.

결국 질 드 레가 1시까지 경유하여서 비스마르크가 나오지 못하게 만들었고, 그 틈을 타서 투석기를 완성한 이신이 치고 나와 늦지 않고 3시에 도착할 수 있었다.

지금까지의 수 싸움은 이신의 승리.

하지만 게임은 이제 시작이었다.

—이 정도 이득 가지고 좋아해서는 안 돼.

—예, 알고 있습니다. 이제 간신히 비슷해졌죠.

질 드 레도 동의했다.

시간이 흐를수록 드워프는 강해진다.

하지만 마물은 후반에 갈수록 약해진다.

즉, 원래 불리한 채로 시작했는데 이제야 균형추가 좀 맞아떨어졌다고 보면 된다.

이신은 계속해서 오더를 내렸다.

—마룡으로 계속 비스마르크를 집중적으로 괴롭히고, 켈베로스를 소환하도록 해.

'알겠습니다.'

켈베로스는 가장 강력한 마물 중 하나로, 헬하운드에게 마정을 먹이면 켈베로스로 진화한다.

그러려면 마정을 생산할 수 있는 마력정제소를 건설하는 등의 테크 트리를 타야 하는데, 질 드 레의 운영 방향이 그렇게 결정된 것이다.

이신은 투석기를 꾸준히 제작해 전선을 구축했고, 비스마르크 또한 대포를 계속 투입해 전선을 늘려 나갔다.

그렇게 양측이 대립된 전선이 3시를 시작으로 점점 길어지기 시작했다.

3시에서 시작된 전선은 9시를 향해 뻗어나가고 있었다.

이미 3시는 서로 차지하기 힘든 상황.

이제 남은 건 9시 지역의 패권이었다.

'발터 모델도 이제는 대포 소환에 들어갔을 테고, 갈수록 화력에서는 불리해지겠군.'

이신이 열심히 투석기를 만들어서 맞서고 있긴 하지만, 비스마르크와 발터 모델 둘이서 함께 소환하는 대포와는 숫자에서부터 밀린다.

게다가 드워프 상대로 화력전을 펼친다는 게 좋지 않다는 것은 이미 원숭환과 겨뤄보고서 깨달은 바 있었다.

결국 먼저 칼을 뽑아야 하는 쪽은 이신이었다.

질 드 레와 함께 저들의 전선을 돌파하고 판을 흔들어야 할 필요가 있었다.

이신은 열기구를 제작하고, 특수병영에서 기사를 소환하기 시작했다.

일반적인 정면 돌파로는 되지 않는다.

수비 상황에서 공격력이 상승하는 고유 능력을 가진 발터 모델의 방어선을 돌파하기란 여간 까다로운 게 아니니까.

그래서 이신은 열기구를 활용한 드롭으로 돌파구를 만들기로 했다.

열기구 4척이 만들어졌다.

4척에 기사 8기와 투석기 4기를 싣고 출발했다.

질 드 레의 마룡 부대도 뒤따르며 함께 비스마르크의 1시 본진으로 향했다.

하지만 비스마르크의 진영에 도착했을 때, 앞마당과 본진 곳곳에 배치된 대포를 볼 수 있었다.

어디에 병력을 드롭하든 포격하여서 처치할 수 있는 완벽한 수비 상태였다.

심지어 발터 모델의 드워프 총수 부대도 그곳에 배치되어 있었다.

"쏴라!"

"마룡을 쏴!"

드워프 총수들은 마룡들로부터 대포를 보호하기 위해 일제히 사격을 가했다.

질 드 레의 마룡 부대도 병력을 싣고 있는 이신의 열기구를 지키기 위해 싸우는 수밖에 없었다.

총성과 마룡이 불 뿜는 소리가 난무하는 가운데, 이신은 드롭할 장소가 여의치 않다는 것을 깨달았다.

'드롭을 예상하고 대비했군.'

역시 녹록치 않은 상대였다.

이신은 결국 드롭할 만한 지점을 찾지 못하고 열기구 4척을 그대로 이동시켰다.

비스마르크의 진영을 지나쳐서 12시를 경유해 발터 모델의 11시 진영으로 향하려고 했는데, 문득 12시가 텅 비어 있는 것을 발견했다.

'여기다.'

아직 12시 지역에 마력석 채집장을 구축하지 않았는지 텅 비어 있었다.

그걸 본 순간 이신은 기회가 왔음을 직감했다.

이신은 12시에 병력을 모두 드롭했다.

그리고 투석기 4기를 묘한 위치에 자리 잡고 재조립하게 했다.

12시 지역과 발터 모델의 11시 앞마당 통로를 모두 사정거리에 넣을 수 있는 절묘한 위치!

이곳을 점령하면 12시를 못 먹게 할 뿐만 아니라, 발터 모델이 본진에서 병력이 밖으로 나올 수 없게 일시적으로 봉쇄시키는 효과까지 볼 수 있는 것이었다.

전선과 본진만 신경 쓰느라 이쪽을 신경 쓰지 못했던 발터 모델로서는 허를 찔린 셈이었다.

즉시 병력을 보내 몰아내고 싶었지만, 투석기 4기가 이미 자리를 잡았고 기사 8기에 질 드 레의 마룡 부대도 합류한 터라 쉽사리 해결할 수가 없었다.

바둑으로 치면 상대 진영 안에 침투하여서 집 규모를 삭감시키는 수법이었다.

이신은 문득 자신이 인공지능을 상대할 비책을 발견했다는 예감을 느꼈다.

*　　　*　　　*

11시 통로와 12시 사이의 지점.

이신의 병력은 그 절묘한 위치에 자리 잡았다.

투석기 4기가 재조립되었고, 기사 8기가 투석기들을 호위했다.

질 드 레의 마룡 부대도 합류하여서 참여.

그만한 규모의 병력이 그 위치에 모여들자 발터 모델로서는 당황할 수밖에 없었다.

발터 모델은 이신의 열기구가 비스마르크의 진영을 포기하고 자신의 진영 쪽으로 날아오자 병력 일부를 회군시켜서 본진 수비를 시킨 상황이었다.

그런데 이신은 열기구에 태웠던 병력을 엉뚱한 곳에 내렸고, 절묘한 위치에서 자리를 잡아버렸다.

밖으로 나가는 통로가 봉쇄당하는 바람에 본진 수비를 위해 복귀시킨 병력이 다시 밖으로 나갈 수 없게 되어 버린 기막힌 상황!

그야말로 '알 박기'가 제대로 들어간 셈이었다.

'지금이 기회다!'

이신이 그런 발터 모델의 곤란한 상황을 모를 리 없었다.

발터 모델의 병력 일부가 본진에 발이 묶였다.

이신은 이 기회를 놓치지 않았다.

—전 병력 모아. 9시를 장악한다.

—예!

질 드 레의 진영에서 새로운 마물들이 출현했다.

마정을 먹어 헬하운드에서 진화한 켈베로스였다.

물론 켈베로스는 소수였고 다수는 헬하운드였지만 그걸로 충분했다.

이신도 전선을 유지할 최소 병력만 남겨놓고, 나머지 가용 병력을 전부 동원했다.

—공격.

—예!

두 사람의 군세가 일제히 9시로 달렸다.

9시 부근에도 대포가 배치되어 있었지만 상관하지 않고 그대로 들이받았다.

퍼퍼펑—!!

"키엑!!"

"케엑!"

대포가 불을 뿜자 헬하운드들이 몰살당했다.

하지만 숫자가 너무 많았다.

헬하운드들이 대포에 맞아 죽는 동안, 가까이 접근한 기사들과 켈베로스가 대포들을 하나둘 부수기 시작했다.

이신의 투석기들도 그 틈에 9시 지역에 이르러 다시 재조립을 시작했다.

비스마르크가 추가로 소환된 대포를 계속 보내 맞섰지만, 발터 모델은 출입로가 봉쇄되어 있어서 지원을 보내줄 수 없었다.

'강행 돌파하는 게 나았을 텐데, 실수를 했군.'

이신은 발터 모델의 실책을 바로 알아보았다.

발터 모델도 계속 추가 병력을 소환하고 있었지만, 그것을 밖으로 내보낼 수가 없었다.

이신이 열기구로 침투시킨 투석기 4기가 밖으로 나가는 출입로를 향해 배치되어 있었기 때문이다.

투석기뿐만이 아니었다.

기사단과 마룡 부대가 투석기를 보좌하고 있는 절묘한 병력 구성.

이걸 강행 돌파하려면 더 큰 피해를 감수하는 수밖에 없었다.

기사단이 돌격하고 투석기 4기가 바위를 쏘고 마룡들이 하늘에서 덮치는 3연타가 펼쳐질 텐데 당연했다.

하지만 손실을 보더라도 차라리 강행 돌파를 택하는 게 나았다.

저렇게 눈엣가시처럼 알 박기를 하고 있는 적을 놔두면 더 큰 화근이 되기 때문이다.

—발터 모델은 아직 움직임이 없군요. 혹시 폭격기를 모으는 게 아닐까 의심스럽습니다.

질 드 레가 추측했다.

이신은 그런 질 드 레의 성장한 판단력에 만족감을 느꼈다.

—맞아. 손실 없이 12시의 병력을 걷어내고 싶었겠지. 빼앗긴 9시는 언제든 되찾을 수 있다고 생각했을 테고.

하지만 이신이 노리는 건 9시가 아니었다.

'끝내주마.'

화근을 미리 제거하지 않은 걸 후회하게 만들어줄 참이었다.

질 드 레가 계속 헬하운드를 대량으로 투입하며 9시를 놓고 피 튀기는 혈전을 벌였다.

재조립을 마친 투석기들도 바위를 쏘며 대포와 정면으로 화력전을 벌였다.

결국 9시 지역은 이신의 손에 떨어졌다.

투석기들이 이미 적이 접근 못하게 9시를 지키는 형태로 전선이 새로이 구축되었다.

하지만 이신은 거기서 멈추지 않았다.

—질 드 레, 너는 전선을 지키고 있어라.

—주군께서는?

—12시로 간다.

이신의 말이 이어졌다.

—난 전장을 종(縱)으로 나눌 것이다.

그 말에 질 드 레가 흥분한 어조로 물었다.

—12시까지 전선을 연결할 생각이십니까?

—잘 아는군.

—정말 탁월하십니다. 이런 전략을 언제부터 계획하신 겁니까?

—아까 비스마르크의 본진 침투에 실패했을 때.

비스마르크의 본진이 너무 수비가 잘 되어 있어서 열기구들은 병력을 내리지 못하고 12시로 갔다.

그때 텅 빈 12시를 보고서 섬광처럼 머리를 스친 전략적 그림이었다.

12시 드롭, 이어서 9시 돌파.

그리고 결과적으로 전선을 12시까지 연결하여서 전장을 동서로 나눠 버린다.

발터 모델 측은 남북으로 전장을 나누려고 전선을 구성하고 있었는데, 갑자기 그 위에 세로로 선을 쭉 그러버린 셈이었다.

이신이 투석기를 이끌고 12시에 당도하자 그제야 발터 모델은 일이 심각하게 돌아간다는 것을 깨달았다.

하지만 이신은 전광석화처럼 움직였다.

투석기가 균일하게 배치되어서 재조립되었다.

12시에 알 박기를 하고 있던 병력과 합류하여서 발터 모델을 완전히 봉쇄해 버렸다.

적을 분단시켜서 발터 모델과 비스마르크를 고립시켜 버린 것이다.

9시에 이어 12시까지 점령당한 상황.

남북으로 전장을 양분하려 했던 발터 모델 측의 전선은 무의미해졌다.

발터 모델도 어떤 판단을 내린 것인지, 3시를 경계하는 대포만 남겨놓고 모두 12시로 방향을 돌렸다.

전력을 집중하여서 발터 모델을 밀봉시키고 있는 봉쇄부터 뚫어내겠다는 의도였다.

그대로 놔두면 12시와 9시에 이신 측이 마력석 채집장을 구축하고서 막대한 마력을 얻을 게 뻔했기 때문에 시간을 주지 않겠다는 판단이었다.

'그런 빠른 결단이 진측에 나왔어야 했다.'

이신도 다시 새로운 행동에 나섰다.

—헬하운드를 계속 투입해서 전선을 지켜라. 그리고 발터 모델이 폭격기를 다수 동원해서 짜여 있는 판을 다시 흔들려 들 거다.

—화염진을 설치하면 됩니다.

—그렇게 해라.

이미 클로들이 출발하고 있었다. 질 드 레는 이신의 의중을 미리 읽고 자의적으로 판단할 줄 알 정도로 성장해 있었다.

클로들이 12시와 11시 출입로 등 전선의 핵심 지역에 화염진을 설치하기 시작했다.

지대지, 지대공 공격이 모두 가능한 화염진으로 발터 모델이 준비하는 폭격기에 대항하는 것.

그러는 동안 비스마르크를 노렸다.

바로 열기구 4척!

상대측의 시선이 다른 곳에 쏠려 있을 때, 다시 한 번 열기구를 사용한 드롭 작전을 펼치는 것.

—이번에는 봉쇄를 뚫는 데 정신없어서 본진 수비까지 챙길 여력이 없을 거다.

이신은 열기구에 병력을 잔뜩 태웠다.

대부분이 기사였고, 마법사도 2명 포함되어 있었다.

이윽고 열기구들이 1시를 향해 출발했다.

이것은 마지막 일격이 될 터였다.

열기구가 비스마르크의 앞마당에 출현했다.

일단 열기구 1척에서 기사 4기가 내렸다.

"짓밟아라!"

서영이 포효하며 기사들을 이끌고 드워프 광부들을 집중적으로 노렸다.

"으악!"

"달아나!"

허둥대며 달아나려는 드워프 광부들. 하지만 기사들은 2기씩 나뉘어 양쪽에서 덮쳐 드워프 광부들을 한곳에 몰아넣었다.

그리고 마무리는 뒤이어 내린 마법사 1명.

"파이어 스톰!"

화르르르르르륵!!

"끄아아악!"

"인간 놈들!"

"아악! 뜨거워!"

드워프 광부들은 그야말로 효율적으로 학살당했다.

하지만 그것은 시작이었다.

앞마당에 이어 본진에도 더 많은 병력이 내린 것이다.

기사들은 주요 건물을 파괴하고 일부는 드워프 광부들을 사냥했다.

아직 마법을 쓰지 않은 마법사 1명은 좌측 절벽 쪽에서 가만히 대기했다.

그곳에 대기한 것은 다 이유가 있었다.

—주군, 폭격기가 출현했습니다. 그쪽으로 갈 겁니다.

그랬다.

봉쇄당한 것보다 훨씬 다급한 상황이 닥치자, 발터 모델은 폭격기를 총동원해 비스마르크 구원에 나선 것.

질 드 레가 건설해 놓은 화염진에 얻어맞으면서도 무시하고 지나쳐 1시로 온 폭격기 편대.

하지만 그들을 맞이한 것은 그 방면의 절벽 아래에 숨어 대기하고 있던 마법사였다.

"파이어 스톰!"

화르르르륵!!

폭격기 편대의 한복판에 파이어 스톰이 작렬했다.

격추된 폭격기는 없었지만, 화염에 불타 하나같이 크게 손상이 되었다.

—질 드 레!

—예, 알고 있습니다!

절묘한 타이밍에 마룡들이 나타나 폭격기들을 덮쳤다.

마법사가 파이어 스톰으로 일격을 먹인 뒤에 바로 마룡들이 나타나 제2격!

이신과 질 드 레는 호흡이 척척 맞았다.

한때 계약자와 사도의 관계였던 두 사람이었다.

질 드 레는 이신이 머릿속으로 전달하는 언어화되지 않은 개념의 명령도 수없이 수행해 왔다. 그래서 이신이 이 순간 무엇을 원하는지 잘 알고 있는 것이었다.

마룡들이 폭격기들과 뒤엉켜 처절한 공중전을 펼쳤다.

그러는 동안에도 비스마르크의 본진은 기사들에 의해 초토화되고 있었다.

이제 비스마르크는 마력을 채집할 드워프 광부도 없었고, 그나마 병력을 소환하는 건물도 파괴되고 있었다.

회생 불능의 타격이었다.

결국…….

[악마군주 보티스님의 계약자 오토 폰 비스마르크님께서 패배를 선언하셨습니다. 악마군주 그레모리님의 승리입니다.]

[마력 총량 2,034,710으로 악마군주 그레모리님께서 서열 14위가 되셨습니다.]

[마력 총량 1,781,000으로 악마군주 보티스님께서 서열 17위가 되셨습니다.]

명암이 엇갈렸다.

지원자가 참가한 2배 배팅에 최대치 10만!

10만이라는 막대한 마력이 오가자 그레모리는 서열이 한 계단 상승했고, 반대로 보티스는 16위에서 17위로 강등 당했다.

"역시 강하구먼."

비스마르크는 허탈한 표정이었다.

발터 모델도 똥 씹은 표정으로 질 드 레를 바라보았다.

계약자도 아닌 일개 권속 질 드 레.

이신의 명령대로만 하는 꼭두각시쯤으로 보았던 게 사실이었다.

하지만 오늘 서열전에서 보였던 마물의 신속한 움직임을 보면 단지 그것만이 아니라는 것을 쉽게 알 수 있다.

이신의 빠른 판단.

그리고 그 판단을 쫓아올 줄 아는 질 드 레의 기민한 수행력.

질 드 레의 실력이 보잘 것 없었더라면 이렇게 신속한 연계를 펼칠 수 없었을 터였다.

"제법이더군."

"고맙소."

질 드 레는 간단히 화답했다.

냉정한 표정을 유지하고 있었으나, 사실 질 드 레는 승리의 희열에 차올라 있었다.

서열 15위에서 펼쳐진 서열전.

옛날 계약자였던 시절에는 이 15위에서 시작해 끝없이 추락했었다.

그런데 다시 시작한 지금 대승을 거둔 것.

확실히 예전과는 달라졌다는 성취감이 있었다.

'이게 다 주군 덕분이다.'

이신이라는 위대한 전략가가 부족함을 깨우쳐주고 성장시켜 주었다.

이신에 대한 충성을 더더욱 굳건히 맹세하는 질 드 레였다.

이신은 발터 모델을 보며 웃었다.

"곧 다시 보겠군요."

발터 모델은 쓴웃음을 지은 채 아무 말도 할 수 없었다.

축제 이후, 다시 확인한 이신의 실력은 역시나 무서웠다.

그런 강적이 이제 14위.

12위에 있는 자신의 턱밑까지 다가와 있었다.

제4장

지연

첫 서열전 단체전이 끝나고 이신은 질 드 레와 전략을 연구하는 시간을 가졌다.

5인의 사도도 함께 참여했다.

사도들도 이신이 시킨 탓에 다들 지휘관으로서 모의전에 참여해 본 경험이 풍부했다.

직접 지휘관의 시각에서 전쟁의 전체적인 그림을 봐야 이해력이 생겨서 사도로서 전장에 소환되었을 때도 자신이 무엇을 해야 하는지 잘 알게 된다.

어차피 이신이 시키는 대로 하기만 하면 된다지만, 본인이 그 명령의 의미를 이해하고 있는 것과 그렇지 않은 것에는 생각보다 큰 차이가 존재했다.

이신도 일일이 지시할 수 없는 찰나의 순간순간에는 사도 본인의 역량이 중요하기 때문.

그런 이신의 방침은 일단 성공적이었다.

사도들의 명령 수행 능력이 나날이 좋아졌고, 훈련이 없을 때도 개인적으로 무예를 연마하는 등 자기개발을 해야 한다는 개념이 생겼다.

그랬다.

바로 e스포츠 프로 팀을 다루듯이 사도들의 실력 향상을 꾀한 이신만의 방침이었다.

"열기구에 태운 병력을 이곳에 내리시다니, 정말 멋집니다."

"끝내주는 위치야. 발터 모델 자식, 자기 본진 바로 옆인 12시를 방치해 놓다니, 서열 12위를 어떻게 유지하고 있는 거야?"

"이제 보니 나폴레옹이랑 몇 명 말고는 다 명성이 과장된 거 아냐?"

사도들은 서열전 단체전에 쓰였던 제4 전장 엔터홀의 지도를 펼쳐놓고 토론을 했다.

대부분의 사도들은 이신의 판단에 감탄하면서 발터 모델의 실책을 비웃었다.

하지만 나폴레옹 휘하의 원수들 중 하나로 활약한 지휘관마르몽은 다른 의견을 냈다.

"그건 너무 단편적인 평가다. 이건 주군을 칭찬해야지. 주군이 열기구를 타고 오기 전까지 12시는 신경 쓸 필요가 없었다. 열기구가 1시로 갔다가 포기하고 11시 방면으로 방향을 돌리면서 상황이 급변했던 것이지."

마르몽은 12시를 손가락으로 툭툭 치며 말했다.

"문제는 여길 점거당했을 때의 대응이다. 여기서 다소 손해를 감수하더라도 다수의 병력을 동원해 일찌감치 회복했더라면 칭찬받아 마땅한 결단이었겠지만, 그렇지 못했던 게 컸지. 여기에 적이 자리 잡아 버리면 전방에 구축해 놓았던 긴 전선이 모두 무용지물이 되는 거였어."

"그걸 몰랐으니 실력이 모자란 게 맞잖아?"

콜럼버스가 반문했다.

마르몽이 고개를 저었다.

"당사자의 입장이 되어보지 않으면 평가는 누구나 쉽게 할 수 있지. 신속하기 짝이 없는 주군의 지휘를 생각해 보면 상황이 아주 긴박하고 갑작스럽게 돌아갔을 게 뻔한데, 그렇게 많은 생각을 해야 하는 올바른 판단을 바로 내리기가 과연 쉬울까?"

로흐샨도 그 말에 동의한다.

"그건 맞는 말 같소이다. 특히나 처음 1시로 갔을 때는 열기구에서 병력이 내리지 못하도록 아주 완벽하게 막았으니까.

사람은 그럴 때 더 방심하게 되거든."

"하긴, 주군도 우연히 얻어걸려서 이 포인트를 발견하셨던 것이니까."

"주군께 얻어걸렸다는 표현은 무례하군, 콜럼버스?"

티격태격하며 의견을 주고받았다.

한편, 이신 역시 지도를 유심히 보며 토론의 화제가 되고 있는 전략을 복기하고 있었다.

당연하지만 이 자리는 사도들을 가르치려고 마련한 게 아니었다.

중요한 건 이신이 여기서 중요한 실마리를 찾았다는 점이었다.

'꽤 괜찮았지.'

괜찮은 정도가 아니었다.

중앙 지역에 대한 주도권을 단숨에 빼앗은 한 방이었다.

본진에 직접 병력을 드롭한 일격도 아니었는데, 상대에게 심대한 타격을 입히고 승부를 가져왔다.

"센터를 잡지 못하면 가망이 없다고 보았다."

"결국 영역 다툼이잖아. 센터를 잡으면 어떻게든 되겠지 싶었다."

최환열에게 들었던 말들이 떠올랐다.

이신은 그 화두에 대한 해답을 찾았음을 직감했다.

"조금 더 시험해 보고 싶군."

"이 전략을 말씀이십니까?"

질 드 레가 물었다.

이신은 고개를 끄덕였다.

"상대가 드워프였으면 좋겠는데, 역시 이 위로 가장 가까운 서열에 있는 드워프는 발터 모델뿐이군."

"우리는 14위고 그쪽은 12위이니 조만간 붙을 수 있을 것 같습니다."

"그럼 일단은 도전 자격을 얻기 위해 13위부터 차지해야 하는군."

이신은 눈살을 찌푸렸다.

빨리 발터 모델과 다시 한 번 붙어서 전략을 검토해 보고 싶었다. 서열전에서 스페이스 크래프트의 인류와 가장 비슷한 종족은 휴먼이 아닌 드워프였기 때문.

하지만 그러기 위해서는 일단 13위를 쟁탈해야 한다.

서열 13위의 계약자도 어중이떠중이는 아닐 터, 또 새롭게 서열전을 준비해야 하는 번거로운 과정을 거쳐야 한다.

이신은 빨리 발터 모델과 겨루고 싶었던 터라 귀찮음을 느꼈다.

'하는 수 없나.'

그렇게 해서 이신은 서열 13위를 노리고 서열전 준비에 들어가기로 했다.

그런데 준비 작업에 나선 지 얼마 되지 않았을 때였다.

이신은 그레모리의 허락하에 의외의 손님을 맞이해야 했다.

고대 그리스 시대의 복장에 면류관을 쓴 사나이.

"오랜만이군."

바로 알렉산드로스가 이신의 눈앞에 있었다.

현재 서열 2위 악마군주 바알의 계약자.

나폴레옹에게 빼앗기긴 했어도, 한때 1위 자리를 굳건하게 지켰던 가장 강력한 계약자 중 하나.

72악마군주의 축제 때 최종 승자가 되어 서열 1위를 탈환하고자 했지만, 이신의 활약이 결정적으로 작용하여서 뜻을 이루지 못했다.

라이벌 나폴레옹과 친한 자신을 홀로 방문할 이유가 딱히 없던 터라, 이신의 표정은 의아함으로 물들었다.

"의외라는 표정이군."

"물론입니다."

"걱정 마라. 친하게 지내자고 온 건 아니니까."

"혹시 서열전 단체전입니까?"

"당연하다."

이신은 더욱 알 수 없다는 표정이 되었다.

굳이 편을 가르자면 이신은 나폴레옹의 동맹이었다. 알렉산드로스가 도와달라고 손을 내민다고 해서 선뜻 잡을 거라는 보장은 없었다.

"왜? 나폴레옹의 편이라 안 되나?"

"딱히 그렇게 편을 가르지는 않습니다만, 의외여서 그렇습니다."

"의외일 것도 없잖나. 축제 때 가장 뛰어난 단체전 실력을 보여준 건 너니까."

알렉산드로스는 씨익 웃으며 말을 이었다.

"이번 상대는 나폴레옹이 아니니 안심하도록."

"그건 알고 있습니다."

서열 1위를 가르는 서열전이었다면 알렉산드로스보다 나폴레옹이 먼저 찾아왔을 터였다.

하지만 악마군주 바알은 축제에서의 승리로 막대한 마력을 획득한 악마군주 아가레스에게 도전할 자격 요건을 아직 충족하지 못한 상황이었다.

그렇다면 이번 서열전은 알렉산드로스 측이 도전을 받은 것일 터.

'꽤 중요한 싸움이겠군. 그래서 날 찾아온 건가?'

도전 자격을 충족하기 위해서는 이번 서열전에서 대승을 거두고 마력을 획득해야 했다.

아무리 실력적으로 자신 있는 알렉산드로스라 할지라도, 지원자가 끼어들면 변수가 발생하여서 승리를 장담하지 못한다.

그래서 알렉산드로스는 지원자로 이신을 택하는 과감한 판단을 한 것이리라.

"상대가 누구입니까?"

"보르지긴 테무친."

"예?"

이신은 소름이 쫙 끼치는 것을 느꼈다.

어린아이도 아는 전설적인 이름이 나왔기 때문이다.

"칭기즈 칸?"

"그렇게 불리더군."

이신은 믿을 수가 없었다.

그럼 이게 알렉산드로스 대왕과 칭기즈 칸의 대결이란 말인가?

이 무슨 공상 소설 소재로도 쓰이지 않을 말도 안 되는 매치 업인가!

"듣자 하니 나보다 더 많은 땅을 정복한 작자라지?"

"예, 그렇지요."

중세 유럽에서 가장 무서워했던 두 가지 공포가 있었는데, 첫째는 흑사병이고 둘째는 몽골 기마군단이었다.

몽골 기마군단의 말도 안 되는 기동력 때문에 사람을 잡아먹어서 보급을 해결하는 게 아니냐는 루머까지 나왔을 정도.

그렇듯 재해로 취급될 정도로 무시무시한 포스로 세계를 휩쓸었던 정복자가 칭기즈 칸이었다.

알렉산드로스는 어깨를 으쓱하며 장난스럽게 말했다.

"역시 인도를 정복해야 했었나 봐. 내가 술만 좀 줄였어도 두 번째로 취급받진 않았을 텐데 말이지."

너무 젊은 나이에 요절했던 주된 원인 중 하나인 과음을 농담처럼 언급하는 알렉산드로스였다.

물론 어느 쪽이 더 위대한 정복자였느냐를 따지는 건 가치 없는 일이었다.

영향력으로 따지면 알렉산드로스도 동서 문명을 융합한 헬레니즘 문화를 탄생시키며 발전에 많은 기여를 했기 때문.

"뭐, 아무튼 잡담은 나중에 하도록 하지. 우리에게 주어진 시간은 사흘이다. 빨리 결정을 내리도록."

이신은 곰곰이 생각한 끝에 물었다.

"상대측의 지원자는 누구입니까?"

"바야투르."

"칭기즈 칸과 목돌 선우로군요."

인류사 최고의 정복자와 유라시아 유목민족의 전설의 연합이라니.

"둘 다 종족은 오크다. 테무친이 이번에 아주 벼렸더군."

예상은 했지만 역시나 두 사람은 손을 잡고서 엄청난 기마 군단을 선보일 참인 듯했다.

'그래서 날 찾아온 건가.'

알렉산드로스의 종족인 마물이었다.

초반에는 마물이 우세하나, 중반만 되어도 오크창기병과 오크궁기병이라는 사기적인 조합을 야전에서 당해낼 도리가 없었다.

빠른 기동력과 근접·원거리 공격을 겸비한 완벽한 오크의 병과 구성!

거기에 대항하기 위하여 알렉산드로스는 방어에 능한 휴먼을 지원자로 택했고, 나폴레옹을 제외하고 가장 실력 있는 휴먼 계약자로 이신을 떠올린 것이다.

이신은 더 고민할 필요도 못 느꼈다.

'좋은 기회다.'

서열 2위와 3위의 대결이었다.

테무친이 이번에 2위를 차지하기 위하여 잔뜩 벼렀다고 하니, 한두 판의 서열전으로 끝날 리가 없었다.

그렇다면 엄청난 마력을 획득할 기회였다.

잘만 하면 서열을 서너 계단은 껑충 점프할 수도 있을 터.

뿐만 아니라 최상위에 있는 계약자들의 실력을 확인할 좋은 기회였다.

한편으로서 알렉산드로스의 실력을 자세히 볼 수 있고, 적으로서 테무친의 솜씨를 체험할 수 있다.

이렇게 좋은 기회를 놓칠 수 없었다.

'하루 빨리 발터 모델과 겨루고 싶었지만 일단은 미루고 이번 일에 집중해야겠군.'

새롭게 발견한 전략을 실험해 보고 싶었지만, 이번에는 조금 미루기로 했다.

이렇게 좋은 기회는 쉽게 찾아오지 않으니 말이다.

"좋습니다. 그레모리 님께 말씀드리죠."

"좋다. 시간 없으니 같이 가지."

이신은 그레모리를 찾아가 알렉산드로스의 서열전에 지원자로 참전하고 싶다고 의사를 밝혔다.

좋은 기회였기 때문에 그레모리도 당연히 수락했다.

이신은 사흘간 알렉산드로스와 함께 지내며 훈련을 하기로 했다. 물론 질 드 레 및 사도들도 함께였다.

"그런데 나폴레옹이 섭섭해하지 않을까요?"

그 말에 알렉산드로스가 대신 대답했다.

"개의치 않을 거요. 오히려 관전하고 싶다고 조르긴 하겠군. 그놈도 요즘 서열전이 없어서 심심할 테니까."

"호호, 아무튼 우리로서는 좋은 기회이니 사양할 이유가 없군요. 그럼 카이저, 꼭 승리하고 돌아오도록 하세요."

"예."

이신은 그렇게 알렉산드로스와 함께 악마군주 바알의 영지로 떠났다.

*　　*　　*

알렉산드로스가 기거하는 궁전은 규모가 굉장히 컸다.

그런데 건축양식은 르네상스 시기의 대성당을 방불케 해서 기원전 사람인 알렉산드로스와 어울리지 않는다는 느낌을 받았다.

이에 대한 알렉산드로스의 설명은 간단했다.

"지옥에 건축가 출신이 있더군. 권속으로 삼아주어서 지옥에서 건져낸 대신 이 궁전을 짓게 했지. 내 시절의 그리스 양식은 지겹거든."

새로운 것을 좋아하는 알렉산드로스의 성격이 고스란히 드러나는 건축물이었다.

자원도 노동력도 넘쳐나는 마계라 알렉산드로스의 궁전은 인세를 초월하는 화려함이 있었다.

대성당의 구조이나 거기서 섬겨지는 우상은 알렉산드로스였다.

곳곳에 세워진 알렉산드로스의 석상은 스스로를 신격화했던 주인의 성정이 묻어났다.

그리고 궁전 전체에서 알코올의 향기가 이신을 괴롭혔다.

"주지육림이라니, 중국인들 상상력도 제법이야. 좋은 참고가 됐어. 자, 너도 와서 식사를 하도록 해라."

궁전 내부에는 정말로 주지육림이 재현되어 있었다.

백포도주로 이루어진 어마어마한 황금빛 호수에 각종 육류 요리가 걸린 숲!

"술은 안 좋아합니다."

이신은 다른 음료를 요구했지만 알렉산드로스는 고개를 저었다.

"내가 들어본 가장 웃기는 소리군. 치유 능력도 있는 놈이 희한한 소리를 하는군."

"그래도 싫습니다."

"마계의 술은 인세의 것과 차원이 달라. 숙취 걱정은 안 해도 돼."

"…그럼 좋습니다."

이신은 눈살을 찌푸렸지만 하는 수 없이 술을 마셨다.

하기야 그레모리가 예전에 권했던 술도 매우 깔끔해서 도리어 정신을 깨끗하게 했었다.

글라스로 호수에 담갔다가 꺼내 그대로 쭉 들이켰다.

그리고…….

'윽.'

화악 하고 마그마처럼 뜨거운 술기운이 올라왔다.

대번에 머리가 띵해지는 충격이었다.

당황한 이신은 급히 치유 능력을 펼쳐서 몸을 보호했다.

"으하하하! 어때? 화끈한 술이지?"

알렉산드로스는 유쾌하게 웃었다.

믿은 게 잘못이었다.

그레모리의 술이 치유의 힘을 담고 있듯이, 이곳의 술 또한 주인의 성정을 닮아 있었다. 한 모금만 마셔도 숙취에 시달릴 독한 술이었다.

"이런 걸 계속 마셨다간 술김에 도시 하나를 불지를 수도 있겠군요."

이신은 술에 취해 페르시아 제국의 수도였던 페르세폴리스를 불태워 버린 알렉산드로스의 과거를 비꼬았다.

"뭐, 남자가 살다 보면 그럴 수도 있는 법이지."

알렉산드로스는 전혀 반성하지 않는 가해자의 뻔뻔함을 보여주었다.

전혀 부끄러워하지 않는 모습을 보니, 수많은 가설대로 의도적인 방화였나 하는 의문이 문득 들었다.

역사 공부에 취미 들린 이신은 호기심에 물어보았다.

"창녀와 내기를 하다가 불을 지르는 바람에 그렇게 되었다던데 사실입니까?"

알렉산드로스의 표정이 일그러졌다.

"그게 무슨 미친 소리야?"

"그쪽 사람들은 지금도 그렇게 믿고 있죠. 술을 멀리해야 하는 교훈을 주는 일화로 쓰고 있죠."

"그건 바빌론으로 수도를 옮기려고 한 거야! 아케메네스 왕조의 잔재가 남은 곳은 불필요했으니까. 우발적인 방화로 도시가 통째로 괴멸되겠냐? 내가 미친놈인 줄 알아?"

"탈무드에 쓰인 대로라면 미친 게 맞긴 하죠."

"탈무드? 그건 또 뭐야?"

"…아무도 말해주지 않았나 보군요."

하기야 괜히 탈무드 얘기를 꺼내서 알렉산드로스의 성질을 건드릴 필요는 없었으리라.

속아서 독한 술을 마신 바람에 짜증이 난 이신 말고는 말이다.

이신은 탈무드에 나온 이야기를 하나 들려주었다.

한 사내가 옷을 샀는데 그 옷에서 보화가 나왔다.

그래서 옷장수에게 보화를 돌려주려 했더니, 옷장수는 옷을 팔았으니 옷 안에 있는 것도 당신의 것이라고 거절했다.

그렇게 옥신각신하다가 결국은 서로의 아들·딸을 결혼시키고 보화를 물려주기로 합의하였다.

"그리고 당신이 '나라면 너희를 쫓아내고 내가 다 가졌을 것'이라고 말하면서 끝납니다."

"뭐야 그게!"

알렉산드로스는 점점 부아가 치민 표정이 되었다.

알렉산드로스는 자신의 후세에 어떻게 평가되고 있는지를 알고 싶어 했고, 이신은 그걸 들려주면서 이야기를 나눴다.

그때였다.

"반갑지 않은 손님이 왔군."

알렉산드로스가 그렇게 중얼거렸다.

이윽고 공간이 일그러지더니, 그 자리에서 나폴레옹이 나타났다.

"배신자가 여기에 있었군."

나폴레옹은 이신을 보며 장난스럽게 말했다.

"좋은 경험이겠다 싶어서 요청에 응한 것뿐입니다."

이신의 대꾸에 나폴레옹은 고개를 저었다.

"그거 말고."

"그럼?"

"발터 모델과 싸웠을 때 말이야. 날 불러줄 거라고 내심 기대했는데 안 부르더군. 내가 얼마나 심심해하는지 잘 알면서도 말이지."

그 말에 이신은 피식 웃었다.

"이번은 그냥 넘어가지만 나와 저 친구가 겨룰 때는 내 부름에 응해야 할 거야."

"이 녀석이 네 부하라도 된단 말이냐?"

알렉산드로스도 발끈하여 한마디 했다.

"보나마나 정정당당한 일대일 대결로는 날 이길 수 없다고 생각할 테니, 지원자를 부를 생각 아닌가?"

"제10 전장 헤셀 말고 다른 전장을 고른다면 기꺼이 일대일로 싸워주마."

"싫은걸. 난 정정당당한 걸 별로 안 좋아하거든."

옥신각신하며 다투던 두 사람은 어느새 한데 어울려 술을 마셨다.

달리 마실 게 없던 터라 이신도 하는 수 없이 술과 치유 능력을 병행했다.

"슬슬 연습을 해야겠군. 사흘 중 벌써 하루가 가고 있으니까."

알렉산드로스는 주정뱅이처럼 취기가 오른 얼굴로 말했다.

"그러죠."

이신도 치유 능력으로 몸에 남아 있는 술기운을 완전히 정화시킨 뒤 자리에서 일어났다.

"좋아, 오랜만에 실력 발휘나 해볼까?"

라고 말하며 덩달아 자리에서 일어나는 남자는 나폴레옹.

알렉산드로스는 넌 또 뭐냐는 눈으로 노려보았다.

나폴레옹이 씨익 웃었다.

"훈련 상대가 필요하지 않나?"

"훈련 상대로 부를 계약자는 얼마든지 있다. 오크를 제대로 다룰 줄 하는 계약자들로 말이야."

"보아하니 항우와 조아생 뮈라를 부를 생각이겠지?"

"물론."

축제 때 알렉산드로스의 같은 편이었던 계약자들이었다.

그들도 기병을 다루는 솜씨 하나는 기가 막히니 훈련 상대로 쓸 만하다고 여긴 것.

나폴레옹이 말했다.

"머리가 돌인 그 두 사람보다는 내가 낫지 않나?"

"심심풀이 삼아 끼고 싶어서 안달 난 건 알겠지만, 이번 상대가 보르지긴 테무친인 걸 기억했으면 좋겠군. 주 종족이 휴먼인 네 녀석의 도움은 사양하지."

"모든 종족을 철저히 연구한 나다. 오크쯤이야 문제없어. 내 실력이 시원찮다고 생각된다면 언제든 쫓아내도 좋네."

나폴레옹은 끈질기게 자신감을 피력했다.

알렉산드로스는 잠시 고민하는가 싶더니 어깨를 으쓱했다.

"뭐, 한번 해보지. 마음에 안 들면 언제든 쫓아내겠다."

그렇게 나폴레옹이 연습 상대가 되어 주기로 했다.

2 대 2로 모의전을 해야 했으므로 한 명을 더 불렀는데, 바로 조아생 뮈라였다.

"날 지원자로 불러주지 않다니 그것 참 섭섭한데."

조아생 뮈라는 도착하자마자 알렉산드로스에게 불평을 했다.

"쓸 만한 실력이라는 것을 증명한다면 다음에 기회가 되거든 부르겠다고 약속하지."

"하하, 좋소!"

조아생 뮈라는 한 팀이 될 나폴레옹을 보고는 휘파람을 불었다.

"이건 정말 오랜만이로군."

"이번에는 내 말을 좀 제대로 들었으면 좋겠군."

"염려 마시오. 댁의 여동생과는 연 끊은 지 오래니까."

오빠를 배신하라고 종용했던 나폴레옹의 여동생을 언급하며 농담으로 화답하는 조아생 뮈라였다.

알렉산드로스가 고른 전장은 제5 전장 이블 홀이었다.

“이블 홀?”

이신은 의외라는 생각이 들었다.

나폴레옹도 마찬가지였는지 입을 열었다.

“확실히 앞마당과 뒷마당이 붙어 있어서 마물이 마력을 확보하기는 좋지만, 중앙 지역이 넓게 트여 있어서 오크에게도 좋지 않나?”

제5 전장 이블 홀은 본진에 두 개의 출입구가 있는데, 각각 앞마당과 뒷마당으로 나뉘어 있다.

앞마당과 뒷마당이 연결된 삼거리 협곡이 중앙으로 드나드는 유일한 통로인 것도 이 전장의 지형적 특징이었다.

나폴레옹이 계속 말했다.

“아, 물론 적을 협곡으로 끌어들여서 싸운다면 오크의 기마군단을 막기 용이하겠지만, 일단 주도권을 내준 채 수비적으로 대응하는 방침은 자네답지 않은데.”

“그건 보면 안다. 그럼 시작하지.”

알렉산드로스는 가볍게 대꾸해 준 뒤에 모의전을 시작하였다.

모의전이 시작되었을 때, 이신은 곰곰이 알렉산드로스의 의도에 대해 생각해 보았다.

'4인용 전장에서 넷이 있으니 당연히 마력석을 확보하는 데는 제한이 있다.'

마력 채집량이 제한적이라면 장기전이 나오기 힘들다.

즉, 싸움은 웬만해서는 초중반에 끝난다는 뜻.

마물은 병력을 삽시간에 대량으로 확보할 수 있다는 장점이 있는 종족.

하지만 그만큼 병력의 소비량도 타 종족에 비해 높고, 따라서 마력이 기본적으로 많이 필요로 한다.

아마도 알렉산드로스가 이곳 이블 홀을 선택한 이유는 앞마당과 뒷마당에서 다량의 마력을 손쉽게 확보할 수 있기 때문일 터였다.

하지만 같이 어중간한 마력량으로 싸운다면 오크창기병과 오크궁기병이라는 궁극의 조합으로 중반을 지배하는 오크가 유리했다.

그래서 지원자로 선택한 것이 휴먼 계약자 이신.

건물 심시티와 투석기로 협곡에서 고효율의 방어를 할 수 있는 휴먼이 있으면, 병력 소모가 많은 마물의 단점이 커버되는 것.

이신은 알렉산드로스가 당연히 그런 생각으로 자신을 불렀을 거라고 믿었다.

그런데…….

—투석기 따위는 필요 없다.

알렉산드로스는 단호하게 말했다.

—협곡에 틀어박혀서 투석기로 방어나 하자고 널 부른 게 아냐. 나폴레옹 녀석 말마따나 주도권을 내주고 싸우는 건 나답지도 않아.

—…그럼?

—그리핀과 마법사.

알렉산드로스가 계속 말했다.

—널 부른 건 순전히 그것 때문이야. 그 두 가지를 마계에서 가장 잘 쓰는 계약자는 너니까.

—방어적인 전략이 아니군요.

—당연하지. 저 넓게 트인 중앙 지역은 오크들을 위한 무대가 아니야. 바로 우리의 무대지.

삼거리 협곡에서 나가면 다수의 병력을 용이하게 다룰 수 있는 드넓은 중앙 지역이 나타난다.

기본적으로 오크의 기마군단이 날뛰기 좋은 지형이다.

—저기서 정면으로 크게 한판 붙을 것이다. 놈들보다 더 빠른 기동력과 더 강력한 화력으로.

기마군단보다 더 빠른 것은 그리핀 편대.

그리고 더 강력한 화력은 바로 마법사의 파이어 스톰.

알렉산드로스는 협곡에서 수비하며 싸우는 방식보다 100배는 더 위험천만하고 호쾌한 한판 승부를 꿈꾸고 있었다.

가우가멜라에서 페르시아의 대군을 격파했던 것처럼 말이다.

*　　*　　*

—멍청한! 거기서 왜 망설였나?!

—방금 전투는 이길 수 있는 각이 안 나왔습니다.

—이길 수 있었어!

—못 이겼습니다.

—넌 내 지시에 따를 의무가 있어!

—지금은 모의전이니 이견을 제시해 보는 겁니다.

—대체 한마디도 안 지는군. 한 대만 때리면 안 되겠냐?

—안 됩니다.

알렉산드로스와 이신은 모의전을 하는 내내 수시로 충돌했다.

타고난 제왕 알렉산드로스.

살면서 갑이 아닌 적 없었던 이신.

상대를 위해 먼저 굽혀주는 융통성이 없으니 팀워크에서 잡음이 없을 리 없었다.

그리고 의외로 탁월한 나폴레옹의 오크 지휘 솜씨가 알렉산드로스의 성질을 더 자극하기도 했다.

“나의 다재다능함에 새삼 놀라는군. 그냥 오크로 해도 되겠어.”

“보나파르트, 이만하면 우리 상당히 괜찮은 한 팀 아냐?”

"역시 자네는 내 말을 잘 들을 때 빛을 본다네, 뮈라."

승리를 거둔 뒤 좋다고 덕담을 나누는 나폴레옹과 조아생 뮈라를 앞두고, 알렉산드로스는 씩씩대며 이신에게 다가갔다.

"치라고 했는데 왜 안 달려든 거냐고!"

"후방에 빠져 있던 오크궁기병 무리는 제 마법사를 저격하려고 대기 중이었던 겁니다. 협곡으로 끌어들여서 막는 게 답이었습니다."

"젠장! 협곡까지 밀렸으면 계속 이어지는 공격에 결국 본진까지 위험해졌을 거야. 방금처럼!"

"먼저 달려들어서 피해를 보지 않았더라면 제 말대로 됐겠죠."

"적에게는 협곡까지 우리를 밀어낸 후에 다른 지역을 전부 장악하는 수도 있었어! 그대로 당해주자고?"

"그럼 그리핀과 마룡으로 기습 작전을 벌이면 됩니다. 적이 장악한 지역이 많을수록 칠 곳도 많다는 뜻이니까요."

"그거 알아? 더 쉬운 게 있어. 그냥 중앙에서 한판 붙어서 대승을 거두는 거 말이야!"

언쟁은 끝이 없었다.

불같이 성질내는 알렉산드로스는 중간 서열권의 악마군주에 육박하는 마력까지 가진 탓에 어마어마한 위압감을 표출했지만, 이신은 눈 하나 깜짝 하지 않고 또박또박 할 말을 다했다.

알렉산드로스는 뭐 이런 놈이 다 있나는 식으로 이신을 노려보다가, 허공에 손을 뻗었다.

파앗!

허공에서 커다란 술병이 나타나 손에 잡혔다.

알렉산드로스는 화풀이 하듯 병째 벌컥벌컥 들이켰다.

나폴레옹은 그 모습을 보며 심히 유쾌하다는 표정이었다.

"하하, 그 친구를 다루려면 적당히 의견을 잘 받아들여줘야 한다네. 말을 따라서 손해 난 적도 없고."

"닥쳐, 난 내 방식이 있어!"

현재 모의전의 승률은 딱 절반가량.

물론 상대 팀은 나폴레옹과 조아생 뮈라라는, 살아생전에 전 유럽을 휩쓸었던 조합이었다.

하지만 나폴레옹이 휴먼이 아닌 오크로 싸웠다는 게 컸다.

심지어 팀의 오더도 나폴레옹이 맡았을 게 뻔한 일.

자기 메인 종족도 아닌 오크로 싸우고 지휘했는데 알렉산드로스·이신과 싸워 절반이라는 팽팽한 승률을 자랑하는 것.

나폴레옹과 라이벌 관계에 있는 알렉산드로스로서는 분통 터지는 일이었다.

"다시 회의를 해보자."

알렉산드로스와 이신은 다시 제5 전장 이블 홀의 지도를 펼쳐놓고 전략 회의에 들어갔다.

"일단 기본적으로 중앙 지역에서 크게 회전을 벌여 승리할 것이다. 이건 절대로 변하지 않는 조건이야."

알렉산드로스가 못을 박았다.

이신도 고개를 끄덕였다.

"예, 저도 그것을 기본 전제로 삼겠습니다."

서열전의 주체가 알렉산드로스이니 그의 의견을 따르는 게 당연했다.

서열도 그는 2위.

14위인 이신이 따르는 게 당연한 모양새였다.

이신도 그걸 어기고 자기가 주도로 뭔가를 할 생각은 없었다.

"다만 통상적인 형태로는 이기기가 어렵습니다. 이쪽의 승리 조건이 더 힘들죠."

상대측은 2오크.

전투 방식은 아주 심플했다.

오크창기병과 오크궁기병을 주구장창 반반의 비율로 소환해 대량으로 투입하면 된다.

전투가 벌어져도 심플하기는 마찬가지.

오크창기병이 돌격하고, 오크궁기병은 화살을 쏜다. 기동력이 좋아서 오크창기병의 돌격 속도도 좋고, 오크궁기병이 치고 빠지기도 좋다.

전투로 죽은 숫자만큼 오크창기병과 오크궁기병을 계속 소환해 충당시킨다.

그런 병력 물량 회전력 싸움이 되면 병과 조합이 단순한 2오크가 단연 유리.

그에 비해 이신 측은 병과 구성이 복잡했다.

일단 알렉산드로스는 헬하운드, 엔트, 마룡.

체력은 약하지만 기동력과 공격속도가 빠른 헬하운드는 필수.

엔트는 오크창기병의 돌격을 받아내고 버티면서 진형이 무너지지 않게 유지시키는 데 필요하다.

마지막으로 마룡은 비행 병과라는 특성을 활용하여서 날아다니며 적의 측면이나 배후 등 허를 친다. 오크 기마군단의 기동력이 빠르므로 마룡이 있어야 적의 재빠른 움직임에 대응할 수 있는 것.

이 세 가지 조합만 해도 난이도가 꽤 높다.

왜냐하면 세 마물의 이동속도가 각기 다르기 때문.

엔트는 튼튼하고 여러 갈래의 나뭇가지로 다수의 적을 한꺼번에 공격할 정도로 전투력이 좋지만, 이동속도가 너무 느린 것이다.

빠른 오크 기마군단을 느린 엔트로 대응해야 하니 난이도가 상당히 높을 수밖에.

용병술에 조금의 실수가 있어도 와르르 무너지는 수가 있다. 이 문제는 알렉산드로스의 용병술을 신뢰하는 수밖에 없다.

이신의 경우는 더 난이도가 극악이었다.

그리핀, 석궁병, 방패병, 장창병, 그리고 마법사와 마법사를 태울 열기구.

그리핀 편대는 마룡과 역할이 비슷했다.

망치와 모루 전술!

마룡과 함께 망치의 역할을 해야 하는 것이다.

그리핀 편대를 잘못 다루면, 삽시간에 오크궁기병들이 쏜 화살세례에 얻어맞아 녹아버릴 수 있으니 각별히 조심해야 할 필요가 있었다.

석궁병+방패병+장창병으로 이루어진 보병 부대는 모루의 역할을 하는 기본베이스였다.

석궁병이 멀리서 볼트를 쏘는 동안, 방패병과 장창병은 돌격해오는 오크창기병에 맞서야 한다.

당연히 세 병과의 진형이 무너지면 엉망이 되어버린다.

여기까지도 힘든데, 심지어 이신에게는 더 어려운 임무가 있었다.

마법사!

이 회전에서 막강한 오크들을 이기려면 마법사의 파이어스톰이 정통으로 먹혀들어야 했다.

생각해 보면 당연했다.

오크가 가장 막강해지는 중반 타이밍에 정면으로 맞붙는데, 마법사 같은 비대칭 전력이 활약하지 않으면 안 되는 것이다.

그런데 자칫 잘못하면 마법을 써보기도 전에 오크궁기병에 의해 화살 꽂이가 되어버린다.

그때는 패배나 다름없다.

5가지나 되는 병과를 고루 적절한 비율로 유지해야 하므로, 병력을 다시 소환하여 충당할 때도 조합 비율을 맞추느라 신경 써야 한다.

어딜 봐도 2오크보다 알렉산드로스·이신 측이 불리한 승부 형태였다.

"더 어려운 건 알지만 지금까지 그럭저럭 잘해왔다. 모의전 중 절반은 이겼잖아?"

"그건 제가 잘했기 때문입니다."

이신은 얼굴 표정 하나 변하지 않고 당연하다는 듯이 대답했다.

내가 아니면 누가 이 어려운 역할을 잘해내겠느냐는 투였다.

"…넌 정말 특이한 성격이군."

알렉산드로스는 자화자찬을 객관적 사실을 말하듯 태연하게 하는 이신의 태도에 어이가 없어졌다.

하지만 틀린 말도 아닌 게 더 웃겼다.

확실히 싸움 내내 이신이 보여준 정확하고 아슬아슬한 용병술이 승리를 이끈 바가 없지 않았다.

그건 힘든 싸움을 억지로 이겼다고 봐도 무방할 정도.

알렉산드로스나 이신이나 바로 그 점 때문에 고민하고 있었다.

겨우 나폴레옹의 오크 정도에 이 정도인데, 서열전 상대는 기마민족의 신화인 테무친과 바야투르였다. 훨씬 더 빠르고 강력할 게 뻔했다.

"제가 보기에 전투 방식에서 조금 변화가 있어야 할 것 같습니다."

"어떻게?"

"정면으로 충돌하지 말고 시간을 벌고, 그사이에 그리핀 편대든 마룡 편대든 적의 본진을 쳐서 마력 채집에 타격을 입히는 수밖에 없습니다."

"잘잘한 소모전을 계속해 주면서 마력 공급량도 손실을 입혀서 병력이 원활하게 충원되지 못하게 하자는 건가?"

"예."

알렉산드로스는 곰곰이 생각해 보았다.

확실히 그러는 게 더 나아보였다.

그냥 중앙 지역에서 대회전을 벌이면, 방식이 심플한 상대에 비해 이쪽은 훨씬 복잡한 용병술이 요구되는 싸움을 해야 한다.

그러니 끊임없이 교란시켜서 상대 또한 신경 쓸 게 많아지게 해야 한다.

"옳은 의견이지만, 결정타가 되지는 못해. 무언가 더 강력한 한 방이 필요한데."

"역시 마법사로 제대로 한 방 먹이는 게 답이군요."

"상대도 그걸 아니까 문제지. 음, 좀 더 고민해 봐야 할 문제군."

두 사람은 계속 머리를 맞대다가 모의전을 했다가를 반복했다.

그렇게 사흘은 훌쩍 지나가 버렸다.

* * *

마계에서 전해지는 한 가지 일화가 있었다.

부족장이었던 아버지가 독살당하고, 친척과 씨족이 모두 떠나가 홀로 가족들을 돌봐야 했던 소년이 있었다.

심지어 훗날 장성하여서 보복할 것을 두려워한 부족장들의 추격 탓에, 초원을 떠나 숲과 산에서 곤궁한 생활을 해야 했다.

그렇게 산속에서 힘겹게 살아갈 때, 푸른 늑대의 형상을 한 어떤 존재가 소년 앞에 나타났다.

—나에게 소원을 말해보아라. 대가를 치른다고 맹세한다면 무엇이든 들어주마.

소년은 영수 중의 영수로 섬겨지는 푸른 늑대를 보자 멍해졌다.

그러나 이 푸른 늑대는 겉모습과 달리 요사스러운 기운을 품고 있음을 느낄 수 있었다.

"누구냐?"

소년은 겁도 없이 활과 화살을 꺼내 겨누었다.

푸른 늑대는 웃었다.

—진실을 꿰뚫는 빛나는 눈과 겁먹지 않고 맞서는 용기. 역시 내가 그릇을 잘 알아보았구나.

"누구냐고 물었다."

—내가 누군들 어떠할까. 난 소원을 들어준다고 했다. 물론 그 대가도 받을 심산이지.

"푸른 늑대의 탈을 쓴 마귀의 말은 듣지 않겠다."

—지금 너를 보아라. 어떤 상황이든 지금보다 더 비참할 수 있겠느냐?

"……."

—의지할 곳은커녕 사는 것조차 힘들고, 심지어 네게 도전하려는 이복형제까지 있지.

소년은 이를 악물었다.

아버지의 서자이자 자신의 이복형이 생각났다.

이복형은 나이가 많고 더 힘이 세다는 점을 빌미로 자신의 권위를 넘보았다.

소년은 진퇴양난의 상황이었다.

“어떤 소원이든 들어준다고?”

—그 소원이 얼마나 이루어질지는 네 그릇에 달렸지만.

“난 그 대가로 무엇을 주어야 하느냐?”

—먼 훗날 나를 위해 싸워야 할 것이다.

소년은 길게 고민하지 않았다.

다만 손가락으로 한쪽 하늘을 가리켰다.

“난 저것을 원한다.”

푸른 늑대의 형상을 한 마귀는 전율했다.

소년이 온 세상을 가리키고 있다는 것을 알았기 때문이다.

—하하하! 마음에 든다! 너처럼 세상을 달라는 소원을 말한 인간이 종종 있었지.

“……?”

—그들은 하나같이 위대한 계약자의 재목이었지.

마귀는 껄껄 웃으며 계속 말했다.

—좋다. 주겠다. 갖게 해줄 테니, 재주껏 가져가 보아라.

그렇게 계약은 이루어졌다.

소년은 그 길로 돌아가 이복형을 활로 쏴 죽였다.

가장의 지위를 지키기 위해 혈육을 죽였다고 다른 부족들로부터 더욱 경계를 받았지만, 소년은 개의치 않았다.

준다고 했으니 받아내겠다.

소년의 머릿속에는 오직 그 생각만이 있었다.

이것이 마계에서 전해지는 악마군주 발라파르와 계약자 보르지긴 테무친의 계약으로 전해진다.

*　　　*　　　*

"반갑군."

전형적인 몽골인의 외양을 한 사내였다.

눈에는 불이 있고 얼굴에는 불이 있었다고 몽골 비사에 기록되어 있었는데, 정말로 눈빛은 푸른 정광이 타오르는 것처럼 강직하게 빛나고 있었다.

이신은 잠시 그 사내를 멍하니 바라보아야 했다.

그럴 수밖에 없었다.

서열 6위에 있던 악마군주 발라파르를 요번에 3위까지 끌어올리는 맹활약을 떨친 계약자, 보르지긴 테무친.

일명 칭기즈 칸!

지구상에서 이 이름을 모르는 사람이 없다고 해도 과언이 아닌 위대한 정복자가 눈앞에 있는 것이었다.

수많은 역경에도 불구하고 불굴의 집념으로 일어나 몽골을 통일하고 서하, 금나라, 호라즘을 잇달아 정복하다가 숨을 거두었다.

그의 사망 당시 몽골 제국의 영토는 지금까지 등장한 어떤 정복자보다도 광활했으며, 잔학한 학살자에서 동서 문명의 교류를 촉발시켰다는 평가까지 그에 대한 호불호는 극명하게 갈렸다.

그의 인생과 성격을 가장 잘 말해주는 것은 말년에 남겼다는 말에 있다.

그는 다시 태어나면 평범한 사람으로 살다가 평범하게 늙어 죽고 싶다고 했다.

생활태도도 매우 검소하여서 죽을 때조차 사치스러운 장례를 거부하였다.

가진 바 재능은 필생의 라이벌이었던 자무카에 비하면 극히 평범했다.

그의 인생 여정의 전반기를 보면, 그는 자신이 원해서가 아니라 오직 살아남기 위하여 끊임없이 전쟁 속에서 살아야 했던 사내였고, 그렇게 고난을 이겨낸 끝에 공정한 사회 질서를 몽골에 확립시키고 위대한 정복자가 될 수 있었다.

"뵙게 되어 영광입니다."

이신은 테무친에게 정중히 인사했다.

"얘기는 많이 들었네. 아직 살아 있는 유일한 계약자라지?"

"예."

"고려 사람이라고 들었다. 대단한 실력을 지니고 있다더군."

"예."

이신이 쉽게 인정하자 천하의 테무친도 살짝 당황하여 흠칫했다.

보통 칭찬을 해주면 겸양을 하거나 우회적으로 자신감을 표현하게 마련인데, 이신은 전혀 달랐던 것이다.

하지만 이내 웃었다.

"재미있는 젊은이로군. 자신감이 대단한 것으로 여기겠네."

"그리하십시오."

한편, 지원자로 함께 온 바야투르는 축제 때 한 번 만났으므로 구면이었다.

"또 보게 되는군."

"예."

바야투르.

묵돌선우라는 이름으로 더 잘 알려진, 또 한 사람의 유목민족의 전설이었다.

"내가 이상한 소문을 들었는데, 그쪽 연습을 도와준 사람이 나폴레옹이라던데?"

"맞습니다."

바야투르는 피식 웃었다.

"그놈이 오크를 잘 다룰 수 있을까?"

"잘 다루기에 깜짝 놀랐습니다."

바야투르의 웃음이 더 짙어졌다.

"푸하하! 그렇다면 우리에게는 희소식이군. 그 정도 가지고 깜짝 놀랄 정도였다니, 우리와 싸울 땐 기겁을 하겠는데?"

그런데 그때, 알렉산드로스가 듣다못해 다가왔다.

"어디서 패배자의 목소리가 들리는군."

"뭐야!"

이내 바야투르의 안면이 형편없이 일그러졌다.

축제 때 알렉산드로스의 팀을 상대로 완패당했던 일을 들춰지자 언제 웃었냐는 듯 벌컥 성질을 내는 그였다.

알렉산드로스는 코웃음을 쳤다.

"자원자가 당신이라는 얘기를 듣고 무척 안심이 되더군."

"그렇게 콧대를 세우는 것도 지금뿐이다!"

"건투를 빌지. 당신으로서는 일대일로 날 이길 기회는 영원히 없을 테니까."

"자만심이 하늘을 찌르는군. 오늘 넌 네놈의 나라처럼 갈가리 찢겨질 것이다."

"뭐야?"

이번에는 알렉산드로스가 쌍심지를 켰다.

아웅다웅하는 두 사람을 보며 이신은 고개를 저었다.

'내로라하는 정복자만 한자리에 모아놓으면 이렇게 되는군.'

물론 다혈질인 두 사람에 비해 테무친은 점잖았지만, 그 또한 필요하면 도시 하나를 통째로 소멸시켜 버릴 정도로 매우 잔학해지는 인물이었다.

그러고 보니 재미있는 공통점이 있었다.

셋 다 혈육을 살해한 적이 있다는 것.

테무친은 이복형을, 바야투르는 아버지를 죽였다.

알렉산드로스도 증거는 없지만 아버지를 암살하고 왕위에 올랐다는 의혹과 충분한 동기가 제기되고 있었다.

쉽게 말해, 셋 다 성격이 착함과는 거리가 멀다는 것.

그만큼 이번 서열전에서도 거칠고 수준 높은 공방이 될 것 같았다.

'기대되는군.'

이신은 미소를 지었다.

그 또한 그다지 착한 성격은 아니었다.

"잡담은 끝났나?"

웅장한 음성이 잔잔하게, 그러나 강렬한 존재감을 담아 울려 퍼졌다.

계약자들이 일제히 꿀 먹은 벙어리가 되었다.

목소리의 주인은 머리에 왕관을 쓰고 허리춤에 보검을 찬 젊은 남자의 모습을 한 존재였다.

악마군주 바알.

72악마군주 중 서열 2위이며, 악마군주 아가레스에게 패하기 전까지는 부동의 1위로 군림하고 있었던 마계의 권력자였다.

인자한 늙은 현자의 모습을 하고 있는 아가레스와 달리 바알은 그리 착해 보이지 않았다.

그래서인지, 그 목소리가 들린 순간 이신에게 불어닥친 중압감도 매우 무거웠다.

'큭!'

이신은 좀처럼 쓰려 하지 않는 마력을 사용하여서 중압감으로부터 자신을 보호해야 했다.

그러자 반대편에서도 또 다른 악마군주가 나타났다.

사자의 몸에 당나귀가 뒤섞인 기괴한 형상의 짐승.

바로 테무친의 악마군주인 서열 3위의 발라파르, 이번 서열전의 도전자였다.

테무친에게 계약을 제의할 때는 필요에 의해 푸른 늑대로 변신했었지만, 지금은 본래의 모습으로 돌아와 있었다.

발라파르는 도둑질과 대담함, 재주, 기량을 관장하는 악마군주였는데, 테무친에게는 역경을 이겨내고 세상을 정복할 수 있는 정신력을 선물했었다.

—슬슬 시작하면 되겠군.

이곳은 제5 전장 이블 홀.

두 악마군주와 네 계약자가 대결을 치를 준비를 마친 상태였다.

[악마군주 바알님과 악마군주 발라파르님의 서열전입니다. 전쟁의 승패가 서열과 마력에 영향을 줍니다. 마력은 20만이 배팅됩니다.]

[마력 20만이 마력석이 되어 전장에 유포됩니다.]

[계약자 이신님과 계약자 바야투르님이 지원자로서 참전합니다.]

[종족을 선택해 주십시오.]

"마물."

"휴먼."

"오크."

"오크."

네 계약자가 동시에 대답했다.

테무친과 바야투르가 동시에 말한 오크라는 단어가 무겁게 와 닿았다.

4인용 전장에서 넷이 참여하면 당연히 나눠가질 수 있는 마력이 줄어든다.

즉, 서열전에서 장기전이 나오기 매우 힘들다.

그렇게 되면 중반에 가장 막강한 오크가 유리하다.

게다가 2오크!

테무친은 아주 명쾌한 콘셉트를 잡고서 도전해 온 것이다.

'일대일만큼은 아니지만, 3 대 3이었던 축제 때보다는 더 본 실력을 보여줄 테지.'

게다가 최상위의 대결이니 한두 판으로 끝날 싸움도 아니었다. 실컷 즐길 수 있는 것이다.

이신은 심장의 두근거림을 느꼈다.

잘 포장된 선물을 뜯기 직전이었다.

마음에 쏙 드는 선물일까, 아니면 실망스러운 선물일까?

최상위 계약자들의 실력이 너무나 기대되었다.

이신은 어찌할 도리가 없는 승부 중독자였다.

*　　　*　　　*

위치가 좋지 못했다.

이신은 1시, 알렉산드로스는 7시였다.

서로 가장 먼 대각선 위치에 놓인 것이다.

—위치가 안 좋습니다.

이신의 말에 알렉산드로스가 동의했다.

—그렇군. 하지만 이런 경우도 충분히 상정하고 훈련했지. 일단은 주도권을 우리가 먼저 가져가야겠다.

주도권이란 누가 먼저 공격을 시도할 수 있느냐의 문제였다.

같은 편이 대각선 위치에 있으면, 공격받는 측이 불리하다.

먼 대각선 거리라서 공격받고 있는 아군을 도우러 가기까지 시간이 걸리는 것.

그동안 아군은 두 명의 적에게 공격받아 2 대 1의 불리한 싸움으로 피해를 입는다.

그렇게 된다면 가장 먼저 노려질 사람은 바로 알렉산드로스.

휴먼은 공격은 약하나 방어에 능하다.

공격에 능하나 방어가 약한 마물부터 없애는 게 정석이었다.

그런 사태를 막으려면, 이쪽에서 먼저 초반에 강하게 나가야 했다.

—난 헬하운드를 다수 소환해서 놈들을 압박해 보겠다. 넌 방어와 그리핀 소환에 주력해라.

—예.

이신도 동의했다.

그렇게 첫 번째 대결이 시작되었다.

정찰을 통해 서로의 위치가 알려졌다.

테무친이나 바야투르나 똑같이 오크라 누가 어느 쪽인지 알 수 없었으나, 상대측은 누가 이신이고 알렉산드로스인지 확인했다.

—둘 다 일단은 오크 전사를 소환하고 있는 듯합니다.

정찰을 마친 이신이 알려주었다.

—기본적인 방비는 해야 할 테니까.

알렉산드로스는 평소보다 빠른 타이밍에 헬하운드 6마리를 소환했다.

헬하운드들은 곧장 11시로 공격을 떠났다.

위협을 가해서 방어에 마력을 쓰게 하고 움츠러들게 만들기 위해서였다.

헬하운드들이 들이닥치자, 11시의 오크는 막 소환된 오크 전사 1명과 오크 노예 1명으로 본진 출입구를 막아섰다.

둘이서 출입구를 막고 있으니 통과하기란 불가능했다.

오크 전사는 체력과 공격력이 두루 강하고, 오크 노예도 맷집이 상당한 편이라 헬하운드 6마리로 이길 수 있다는 보장은 없었다.

좁은 출입구라 한꺼번에 달려들지 못할뿐더러, 공격을 시도하면 오크 노예들이 더 달려와서 막아낼 게 뻔했다.

그런데 그때, 이신은 아이디어가 번뜩였다.

마침 정찰을 마친 콜럼버스가 11시 인근에 있었던 것.

'들어가 보죠. 상대가 비교적 방심하고 있습니다.'

연습 때 같은 상황에서 나폴레옹은 헬하운드들을 보자마자 오크 노예 1명을 더 붙여서 방어를 단단히 했었다.

그런데 11시 오크는 방어를 더 보강하려는 움직임이 없었다.

헬하운드 6마리쯤은 충분히 막는다는 태도였다.

―한번 해보자고?

―예, 콜럼버스가 그리로 가고 있습니다.

알렉산드로스도 그 제안에 상당히 구미가 당긴 모양이었다.

―하긴 놈들은 조아생 뮈라가 아니지.

같은 상황에서 조아생 뮈라는 오크 전사 사도에게 빙의하여서 엄청난 싸움 실력으로 공격을 격퇴시켰었다.

하지만 테무친이나 바야투르나 그렇게 무예에 능한 맹장이 아니었다.

'가자!'

'예.'

먼저 움직인 건 이신이었다.

파앗!

[계약자 이신의 사도 상급 악마 콜럼버스가 능력 블링크를 사용합니다.]

[10미터 범위 내에서 순간이동을 합니다. 3초 이내에 다시 사용하면 원래의 위치로 돌아갑니다.]

이신은 날카롭게 측면의 절벽을 블링크로 통과하여 눈치채지 못하게 침투했다.

그리고 본진 안에서부터 출입구로 달려가 마비침을 발사!

퓨퓨욱!

"취익!"

"취이익!"

오크 전사와 오크 노예가 1초간 마비된 짧은 틈을 타서, 헬하운드들이 일제히 달려들었다.

"크르릉!"

"크릉!"

1초밖에 안 되는 짧은 마비였지만, 그 틈을 이용해 먼저 덤벼 물어뜯은 결과는 매우 컸다.

뒤늦게 마비에 풀린 오크 전사가 칼을 휘두르며 맞서 싸웠지만 벅찼다.

"취이익!"

오크 노예는 목덜미를 물어뜯기는 바람에 금세 빈사상태에 빠졌다.

그제야 심각성을 느꼈는지, 본진에서 마력을 캐던 오크 노예들이 부랴부랴 출입구로 달려왔다.

헬하운드들이 본진 안으로 들어오는 건 막아야 했기 때문이다.

―계속 병력을 투입해라!

알렉산드로스가 고함을 지르며 계속 맹렬하게 공격했다.

오크 노예가 죽자 오크 전사는 홀로 출입구를 다 막을 수 없었다.

헬하운드 3마리가 빈틈을 파고들어 본진에 들어서는 데 성공했다.

―됐어! 다 죽인다!

제5장

연전

알렉산드로스는 출입구를 막고 있는 오크 전사와 오크 노예 중, 약한 오크 노예를 먼저 죽였다.

오크 전사 홀로 막기에는 출입구의 폭이 넓었다.

알렉산드로스는 그 틈을 놓치지 않고 파고들었다.

헬하운드 3마리가 통과!

그런데 마침 출입구 근처에 지어진 전사양성소에서 오크 전사 1명이 추가로 소환되었다.

오크 전사가 부랴부랴 출입구를 막기 위해 달려왔다.

—늦춰!

알렉산드로스가 소리쳤다.

그 말뜻을 알아들은 이신은 콜럼버스에게 지시를 내렸다.

이윽고 콜럼버스가 새로 나타난 오크 전사에게 마비침을 발사했다.

퓻!

"취익!"

1초간 마비.

그 틈을 타서 헬하운드 3마리가 마침내 출입구를 통과해 본진 안에 난입했다.

—끝내 버린다!

알렉산드로스는 승부를 보기로 마음먹었다.

그냥 상대에게 어느 정도 피해를 입히는 선에서 끝내고 차분하게 유리한 싸움을 이어가는 편이 안전한 선택.

하지만 기회가 오자 알렉산드로스는 가차 없이 승부에 나섰다.

—오늘은 갈 길이 멀거든. 끝낼 기회를 보면 확 끝내 버려야지.

그 말에는 이신도 고개를 끄덕였다.

'그렇겠군. 아무래도 최상위권의 대결이니까.'

언제든 도전해 오면 받아줘야 한다는 규칙은 피도전자에게는 큰 부담으로 작용한다.

도전자는 그것을 최대한 활용하여서 더 강하게 부담감을 지우려 든다.

그런 사투를 벌이며 서열 2위의 지위를 지키려면 기회가 보였을 때 속전속결로 결판을 짓는 마인드가 필요한지도 몰랐다.

아무튼 결판 짓기로 결심하자, 두 사람은 긴박하게 움직였다.

알렉산드로스는 추가로 헬하운드를 잔뜩 소환하여서 일제히 11시로 출발시켰다.

이신도 궁병 3명을 모아서 출발했다.

11시에서는 소수의 병력들이 피 튀기는 싸움을 벌이고 있었다.

[계약자 보르지긴 테무친님의 사도 상급 악마 취르크가 능력 사투를 사용합니다.]

[사도 취르크의 체력이 30% 회복되었습니다.]

11시 본진 출입구를 필사적으로 지키던 오크 전사가 능력을 펼쳤다. 사도였던 모양이었다.

—이 녀석이 테무친이었군. 좋아, 더 밀어붙인다!

알렉산드로스가 기세등등하게 소리쳤다.

[계약자 알렉산드로스님의 사도 상급 마수 리릭이 능력 굶주림을 사용합니다.]

[주변 마물의 공격력이 20% 상승하며 방어력이 10% 하락합니다.]

알렉산드로스도 사도의 능력을 사용했다.
이신도 가만히 있지 않았다.
콜럼버스에게 빙의한 뒤, 치유 능력을 펼쳐서 헬하운드들을 보조했다.
"크르르릉!"
"컹컹!"
"취익! 죽어라!"
테무친의 저항은 완강했다.
오크 전사를 계속 소환해서 저항했고, 오크 노예들도 대거 싸움에 투입되어서 본진을 사수하려고 안간힘을 썼다.
하지만 상황은 점점 알렉산드로스와 이신 측이 유리해졌다.
테무친의 아군인 바야투르도 지원 병력을 출발시켰지만, 대각선 방면이라 거리가 멀었다.
오히려 가로세로 거리에 있는 이신과 알렉산드로스의 지원 병력이 먼저 합류하여서 공세의 끈을 바짝 조였다.
"취이익!"
"취익!"
"크르릉!"

"깨앵!"

오크 노예들이 하나둘 헬하운드들에게 물어 뜯겨 죽어나갔다.

헬하운드들도 오크 전사의 강맹한 칼질에 중상을 입었으나, 그때마다 귀신같이 치유 능력을 집중시켜서 회복해 주는 이신의 활약이 빛을 발했다.

[계약자 이신님께서 고유 능력을 사용합니다. 1초에 5마력씩 소모됩니다.]

[주변의 모든 아군의 체력이 회복됩니다.]

[치유 능력이 적용되는 범위를 조절할 수 있습니다.]

[적용 범위가 좁을수록 치유 효과가 상승합니다.]

이신은 적용 범위를 최소로 좁혀서 치유 효과를 극대화시키고, 딱딱 상처 입은 헬하운드들만 골라 회복시켰다.

치유 능력으로 마력이 계속 소진되었지만, 어차피 결판을 봐야 했으므로 마력을 아끼지 않고 바닥까지 긁어 썼다.

뒤늦게 바야투르의 지원군이 도착했지만, 테무친은 이미 회생이 불가능할 정도로 타격을 입을 상태였다.

오크 노예가 너무 많이 죽어서 마력 채집도 제대로 되지 않을 지경.

결국,

[악마군주 발라파르님의 계약자 보르지긴 테무친님께서 패배를 선언하셨습니다. 악마군주 바알님의 승리입니다.]

[악마군주 바알님께서 마력 20만을 획득하셨습니다.]

[악마군주 그레모리님께 마력 10만이 분배됩니다.]

테무친은 패배를 선언해 버렸다.

승기가 기울자 더 저항하지 않고 손쉽게 첫 판을 내준 것.

앞으로 계속 싸워야 하기 때문에 가망 없는 싸움에 심력을 낭비하고 싶지 않다는 태도였다.

그렇게 첫 대결은 일찌감치 끝나버렸다.

"너무 방심했나."

테무친은 쓴웃음을 지었다.

분한 기색은 없었고, 그저 자신의 실수를 자각한 담백한 반성이었다.

"허점투성이던데. 그래가지고 나를 이길 수 있겠나?"

첫 승리로 기분이 좋아진 알렉산드로스는 상대를 도발했다.

테무친은 미소를 지었다.

"콜럼버스라는 노예 사도에 대한 악명은 익히 들어서 알고 있었지. 나름대로 경각심을 가지고 있긴 했는데, 출입구가 아니라 블링크로 측면 침투를 할 줄은 미처 몰랐군."

이론적으로는 대비책이 있었다 해도, 한 번도 당해보지 않았던 침투에 대응하기란 쉽지 않았다.

그 짧은 심리상의 허를 찔린 것이 나비효과처럼 커져서 승패를 가른 셈이었다.

"그럼 계속하지. 이제 막 시작했을 뿐이니까."

"그럴까."

양측의 동의하에 2차전이 금방 시작되었다. 배팅은 이번에도 각 10만 마력이었다.

'풀 배팅이 걸린 서열전인데도 아무렇지 않은 모습이군.'

이신은 이 자리에 모인 최상위 서열의 계약자들을 보며 생각했다.

테무친은 그냥 실수 좀 했다는 태도였고, 알렉산드로스도 운 좋게 첫 판을 이겼다는 정도의 작은 기쁨밖에 없었다.

심지어 바알과 발라파르 두 악마군주 또한 별달리 일희일비하지 않았다.

'지금부터 시작이라 이거군.'

이신은 욕심이 났다.

최대 배팅의 서열전도 한 판 정도로는 눈 하나 깜짝 안 하는 거물들의 대결.

이번 서열전을 통해서 그레모리의 서열을 얼마나 높일 수 있을지 기대가 컸다.

[서열전이 시작됩니다.]

[계약자 알렉산드로스, 계약자 이신, 계약자 보르지긴 테무친, 계약자 바야투르님께서 참전합니다.]

금방 2차전이 시작되었다.

이번에는 알렉산드로스와 이신의 위치가 각각 5시, 7시로 전장의 남쪽에 붙어 있었다.

—깜짝 기습으로 한 방 먹었으니 이제 방심하지 않고 잘 방비를 해놓았겠군.

알렉산드로스의 말에 이신도 의견을 냈다.

—그래도 한 번 더 가보는 게 어떻겠습니까? 한 번 데였으니 똑같이 위협을 가하면 방어에 마력을 더 쓰게 만들 수 있습니다.

—그것도 나쁘지 않겠군.

알렉산드로스도 동의했다.

—좋아, 헬하운드를 6마리 소환하지. 타깃은 1시 오크로 한다.

—예, 타이밍 맞춰서 콜럼버스를 그리로 보내겠습니다.

이신은 일단 알렉산드로스의 본진 상황을 흘깃 살펴보았다.

본진의 마법진에서 무언가 마물을 소환하는 모습이 보였다. 아마 헬하운드 6마리일 거라고 생각되었다.

'11시부터 정찰 갔다가 1시로 가면 타이밍이 맞겠군.'

재빨리 타이밍을 계산한 이신은 콜럼버스를 일단 11시로 정찰 보냈다.

그러고는 계속 필요한 건물을 건설하며 운영을 했다.

제5 전장 이블 홀.

본진에 두 갈래의 출입구가 있는데, 각각 앞마당과 뒷마당으로 이어진다.

앞마당과 뒷마당은 마력석이 분포되어 있어서 마력석 채집장을 구축하기 용이하다. 본진에서 가까우니 적의 위협 걱정 없이 마력 채집을 할 수 있는 것.

하지만 초반에 취약한 휴먼은 본진 방어에 집중해야 하므로, 앞마당이나 뒷마당에 확장하기가 쉽지 않다.

즉, 휴먼에게 이곳 이블 홀은 그다지 좋은 전장이 아닌 것이다.

이신은 그런 단점을 극복하기 위해 개발한 빌드 오더를 구사했다.

그것은 앞마당, 뒷마당과 연결되고 전장의 중앙 지역으로 나가는 통로와 이어진 삼거리 협곡을 일찌감치 심시티로 틀어막는 방식이었다.

이 협곡만 잘 틀어막으면 적의 공격이 와도 막아낼 수 있으므로, 안전하게 앞마당과 뒷마당에 마력석 채집장을 구축할 수 있게 된다.

이신은 식량창고 2채와 병영을 삼거리 협곡에 붙여지어서 협곡 진입로를 틀어막았다. 궁병은 로흐샨 1명만 소환해서 세워놓아 방어를 했다.

그러고는 앞마당에 마력석 채집장을 구축할 준비를 했다.

상대가 마물이었다면 쓸 수 없는 빌드 오더였다.

왜냐면 협곡을 다 틀어막기 전에 헬하운드가 들이닥칠 위험이 있기 때문.

하지만 그 외의 종족이 상대라면 통용되는 빌드 오더였다.

그러는 동안 콜럼버스가 11시에 도착해서 본격적으로 정찰을 개시했다.

앞마당에 이어 뒷마당도 살펴보았지만, 11시 오크가 마력석 채집장을 지으려는 시도는 보이지 않았다.

본진으로 들어가는 출입구는 오크 전사가 지키고 있었다.

'마비침으로 따돌리고 들어가 볼까요?'

콜럼버스가 물었다.

'아니, 됐다. 이제 1시로 가라.'

마침 알렉산드로스가 소환한 헬하운드 6마리가 1시를 향해 막 출발한 상태였다.

이신도 이를 지원하러 콜럼버스를 보내야 했다.

5시에서 1시로 출발한 알렉산드로스의 헬하운드들과 11시에서 1시로 출발한 콜럼버스는 정확히 같은 시각에 1시에 도착했다.

이신이 알렉산드로스에게 맞춰줘서 그렇게 타이밍 조절을 했기 때문.

—간다. 이번에도 빈틈이 보이면 물어뜯어 버린다.

알렉산드로스는 매우 투철한 공격성을 보였다. 마물이라는 종족에 아주 잘 어울리는 성향이었다.

헬하운드 6마리와 콜럼버스가 합세하여서 1시 오크의 앞마당까지 들어왔다.

앞마당—본진 출입구는 1차전과 마찬가지로 오크전사 1명과 오크 노예 1명이 함께 지키고 있었다.

하지만 헬하운드 6마리와 콜럼버스가 함께 온 것을 보자, 1시 오크는 기민하게 반응했다.

곧장 오크 노예 3마리가 우르르 달려와서 방어에 합류한 것!

—호오, 이번에는 대응이 빠르군. 한번 건드려 볼까?

알렉산드로스는 상대의 철저한 방어 태세를 보고도 공격성을 억누르지 못했다.

이신도 알렉산드로스의 뜻에 따르기로 했다.

—오크 전사에게 마비침을 쏘겠습니다.

—좋아.

이윽고 이신은 콜럼버스에게 지시를 내렸다.

콜럼버스는 오크 전사에게 마비침을 쐈다.

퓻!

"취익!"

오크 전사가 마비됨과 동시에, 헬하운드들이 일제히 덤벼들었다.

타깃은 함께 출입구를 막고 있는 오크 노예였다.

오크 전사가 마비되어 있는 1초간, 헬하운드들은 오크 노예를 집중 공격했다.

"크르릉!"

"크릉!"

"취이익!"

목덜미에 송곳니를 박아 넣고 뜯는다.

마비에서 풀린 오크 전사가 재빨리 칼을 휘두르며 오크 노예를 구하려 했다.

"깨앵!"

칼질에 당한 헬하운드가 즉시 뒤로 물러났다.

그렇게 2마리가 오크 전사와 오크 노예의 공격에 부상을 입었지만 죽기 전에 뒤로 물러나 목숨을 건졌고, 알렉산드로스는 기어코 오크 노예 1명을 죽이는 데 성공했다.

하지만 1시 오크의 진영에서 오크 전사가 1명 더 추가 소환되었다.

출입구를 지키는 오크 전사가 2명이 되자, 오크 노예들도 다시 마력을 캐러 돌아갔다.

—이만하면 됐군.

—예.

이신과 알렉산드로스도 더 미련 갖지 않고 후퇴했다.

오크 노예들이 방어에 투입되느라 마력 채집을 못하게 만들었고, 그중 1명은 죽이기까지 했으니 성과는 이만하면 충분했다.

말 그대로 한번 건드려 본 것뿐이었다.

'초반은 그냥 조용히 보낼 생각인가보군.'

테무친이나 바야투르나 본진에 안전히 틀어박혀 있을 뿐, 달리 과감한 움직임은 없었다.

오직 기마군단을 빨리 모으는 데 주력하는 듯했다.

'역시 기마군단으로 승부를 볼 참이군.'

그들이 무엇을 준비했는지는 이제부터 확인할 수 있으리라 싶었다.

*　　　*　　　*

알렉산드로스가 기 싸움에서 이기고 들어갔지만, 2차전은 이제 시작에 불과했다.

테무친과 바야투르는 아직 준비했던 것을 아무것도 보여주지 않은 상황.

'아무것도 못하게 하고 이기는 게 최고지만 그건 불가능하겠지.'

서열 3위.

72인의 계약자 가운데 세 번째라는 뜻이었다.

이제 두 번째에 도전하는 테무친이었고, 그 또한 종착지는 나폴레옹이 있는 첫 번째의 위치가 분명했다.

'실력 면에서는 큰 차이가 없다고 봐야겠지?'

그렇게 생각하며 이신은 나폴레옹을 떠올렸다.

72악마군주의 축제 때, 나폴레옹이 보여준 솜씨는 상당한 수준이었다.

중하위 서열까지는 프로게이머가 아마추어를 상대하는 것 같았다면, 나폴레옹은 얕볼 수 없는 위압감을 풍겼다.

다양한 병과를 두루 효율적으로 활용하는 데 능했던 나폴레옹.

그에 반해 알렉산드로스는 기회를 포착하고 귀신같이 뛰어드는 야성적인 공격성이 돋보였다.

그렇다면 세계 3대 정복자 중 첫 손가락에 꼽히는 테무친도 자신만의 강점을 보여줄 터였다.

'보여줘. 날 실망시키지 마.'

마음속 깊은 곳에 있는 이신의 진심 어린 욕망이었다.

이신은 게이머였다.

게임을 시작하면 반드시 가장 높은 난이도를 선택하는 하드코어 게이머 말이다.

이신은 콜럼버스를 계속 활용해서 정찰을 수시로 했다.

1시 오크와 11시 오크 둘 다 앞마당이나 뒷마당에 마력석 채집장을 추가하지 않고 본진에 틀어박혀 있는 상황.

본진에 박혀 아무것도 안 하고 허송세월을 보내는 건 아닐 터.

그에 비해 알렉산드로스는 앞마당과 뒷마당에 모두 마력석 채집장을 구축하고 있었고, 이신 또한 앞마당에 마력석 채집장을 차렸다.

이대로 시간이 계속 흐른다면 알렉산드로스와 이신의 마력 채집량이 테무친 측을 훌쩍 능가할 터였다.

—얼마 안 있어서 치고 나올 겁니다.

이신이 알렉산드로스에게 말했다.

테무친이 이대로 두고 보고 있을 리가 없었다.

—안다. 본진 마력을 쥐어짜 기마 병력을 모아서 치고 나올 거야.

—전력을 모두 쏟아서 단기결전을 노리는 걸까요?

—그건 아직 모르겠군. 역시 놈들의 본진 내부 상황을 확인해야 돼.

저들의 본진 안을 봐야 무엇을 노리고 있는지 알아낼 수 있다.

하지만 경계가 삼엄하여 침투하기가 쉽지 않았다.

역시 콜럼버스의 블링크를 써먹는 수밖에 없었다.

—제가 확인해 보겠습니다.

—맡기마.

이신은 콜럼버스에게 지시를 내렸다.

'내가 알려주었던 포인트를 기억하고 있나?'

"물론이죠. 연습을 얼마나 많이 했는데요."

'그 포인트에서 블링크를 써서 본진에 들어갔다가 바로 빠져나온다. 확인해야 하는 건 오크 노예의 숫자다.'

"옛!"

이신은 평소에 철저한 연습과 분석으로 마계의 모든 전장을 다 꿰고 있었다.

그것은 이곳 제4 전장 이블 홀도 마찬가지.

콜럼버스의 블링크의 이동 거리인 10미터를 활용하여서 상대 본진 가장 깊숙한 곳에 들어갈 수 있는 루트도 알아둔 상태였다.

콜럼버스는 2시 지역으로 향했다.

정확히는 1.5시.

1시의 본진과 절벽을 사이에 두고 붙어 있는 지점이었다.

그곳에서 절벽에 바짝 붙은 채, 콜럼버스는 블링크를 시전했다.

파앗!

[계약자 이신의 사도 상급 악마 콜럼버스가 능력 블링크를 사용합니다.]

[10미터 범위 내에서 순간이동을 합니다. 3초 이내에 다시 사용하면 원래의 위치로 돌아갑니다.]

1시 오크의 본진 안으로 침투!

그런데 침투하자마자 화살 한 대가 날아들었다.

콰악!

"크윽!"

어깨에 깊숙이 화살이 박히자 콜럼버스가 비명을 질렀다.

본진 안에 있던 오크궁기병이 재빨리 침입자에게 화살을 쏜 것이었다.

실로 신속한 대응!

콜럼버스의 존재를 알고 있기 때문에 침입에 대비하고 있었던 듯했다.

그나마도 콜럼버스가 평소에 로흐샨과 화살을 피하는 훈련을 하지 않았더라면 즉사했을지도 몰랐다.

남은 시간은 3초.

'뽑아!'

이신이 소리쳤다.

시간이 없으므로 바짝 집중해야 했다.

콜럼버스는 이를 악물고 어깨에서 화살을 뽑았다.

남은 시간 2초.

콜럼버스는 안쪽으로 달렸다.

오크궁기병이 말을 타고 쫓아왔지만 필사적으로 달려서 오크 노예들이 마력석을 캐고 있는 현장에 도착했다.

남은 시간 1초.

'이제 됐어!'

이신의 말이 떨어지자마자 콜럼버스는 블링크를 재사용했다.

3초 이내에 재사용하면 처음 블링크를 쓰기 전의 위치로 되돌아가는 능력의 특성을 활용한 것.

파앗!

아슬아슬하게 3초가 지나기 전에 재사용을 할 수 있었다.

본진 내부를 훑어보고서 무사히 빠져나가는 데 성공한 것이다.

적의 의도도 파악하고 콜럼버스도 살린 성공적인 정찰이었다.

"으윽, 죄송합니다. 화살에 맞은 것 때문에 고통스러워서 오크 노예의 숫자를 잘 파악하지 못했습니다."

'내가 봤으니 괜찮아.'

불과 3초였지만, 컴퓨터처럼 정확한 이신의 눈은 오크 노예의 숫자와 본진 안에 있었던 건물들, 그리고 병력의 현황까지 전부 본 뒤였다.

—확인했나?

알렉산드로스가 물었다.

이신이 대답했다.

—예, 예상대로 오크창기병과 오크궁기병을 모으고 있었습니다.

—그건 이미 예상했던 거잖아. 규모는? 단기결전을 노리고 있나?

—아뇨, 오크 노예를 더 소환하지 않고 병력 모으는 데만 집중했겠지요.

—그럼?

—오크 노예의 숫자가 상당히 많았습니다.

—호오, 싸움을 길게 보는군.

—예, 일단 모은 기병으로 치고 나와 우리를 압박하면서, 앞마당과 뒷마당에 동시에 마력석 채집장을 가져갈 속셈입니다.

그랬다.

이신이 오크 노예의 숫자를 확인하려 했던 건 이 때문이었다.

오크 노예만 충분히 있다면 마력석 채집장은 금방 구축할 수 있다.

건물만 지으면 일시에 오크 노예 다수가 붙어서 마력석을 채집할 수 있으니 말이다.

—그럼 우리도 안심하고 싸움을 길게 보면 되겠군.

—예.

—필요한 병력 조합이 모두 구성될 때까지 일단 주도권은

놈들에게 내주도록 하지.

—알겠습니다.

이신은 뒷마당에도 마력석 채집장을 구축하여서 마력량 확보에 나섰다.

나중에 크게 일전을 치르려면 병력을 꾸준히 소환할 수 있는 마력이 필요했다.

그러면서 병력도 모았는데, 주력으로 석궁병·방패병·장창병을 모았고, 거기다가 그리핀을 한 마리씩 추가해서 편대를 꾸리기 시작했다.

현재 상황에서 가장 필요한 전력은 그리핀 편대라고 생각했다.

우선 이신은 휴먼이므로 방어에 강했다.

2오크가 쳐들어와도 좁은 삼거리 협곡에서 맞아 싸우면 능히 막아낼 수 있다.

하지만 마물인 알렉산드로스는 방어에 취약했다.

대부분의 건물이 마법진의 형태로 되어 있어서 심시티가 불가능한 것.

마물들도 값싸고 빠르고 공격력이 높지만 체력이 약하므로 방어에 용이하지 않았다.

그러니 알렉산드로스가 공격을 받으면, 이신이 이를 돕기 위해 그리핀 편대를 파견해야 했다.

지상군을 보냈다가는 중앙 지역에 나왔을 때 오크 기마군단에게 덮쳐져 잡아먹힐 수도 있으니, 그리핀 편대를 써야 했다.

게다가…….

'역시 이대로 오크들이 순탄하게 기마군단을 완성하게 놔둬서는 안 돼.'

그리핀이 7마리까지 모이자 이신은 즉시 1시로 파견했다.

—일단 피해를 입혀보겠습니다.

—죽어서는 안 돼.

—알고 있습니다.

알렉산드로스도 이신의 그리핀 편대 운용 능력을 함께 훈련하면서 봤기 때문에 더 뭐라고 말하지는 않았다.

그리핀 7마리에 로흐샨을 비롯한 석궁병 14인이 탑승한 그리핀 편대가 출발하였다.

일단 1시 오크의 앞마당에 이르러, 마력석을 캐는 오크 노예에게 가볍게 한 방을 날렸다.

[계약자 이신의 사도 상급 악마 로흐샨이 능력 유도 사격을 사용합니다.]

[로흐샨과 가까운 아군 석궁병 12인이 동일한 타이밍에 동일한 지점을 적중시킵니다.]

콰지직!

"춰이익!"

오크 노예는 삽시간에 고슴도치가 되어서 절명해 버렸다.

로호샨과 석궁병 12인이 쏜 볼트가 유도 사격에 의해 동시에 날아와 틀어박힌 일격!

이 정도면 오크창기병이나 오크궁기병이라 해도 일격에 즉사시킬 수 있는 위력이었다.

1시 오크에게 인사를 건네는 첫 U턴 샷이었다.

'로호샨을 상급 악마로 만들길 잘했군.'

이신은 알렉산드로스와 함께 훈련을 하면서 사도들 중 유일하게 중급 악마였던 로호샨을 상급 악마로 만들었다.

상급 악마가 되니 로호샨의 유도 사격 능력도 10명에서 12명까지 적용 인원이 늘어났다.

즉, 로호샨 본인까지 포함해 최대 13발의 볼트를 한꺼번에 타깃에 맞출 수 있게 된 것.

이 13발은 11발이었던 중급 악마 시절과 차원이 달랐다.

결정적인 차이점은 바로 오크창기병을 일격에 죽일 수 있느냐였다.

11발로는 간당간당했는데 13발로는 확실하게 즉사시킬 수 있었다.

이신이 그리핀 7마리가 보이자 비로소 편대를 출격시킨 것도 바로 그런 의미였다.

보다 진화한 U턴 샷.

더 강력해진 그리핀 편대.

그리핀 편대는 계속 앞마당 상공을 선회하며 오크 노예를 사살했다.

쉬쉬쉭—!

"취익!"

쉬쉬쉬쉭!

"취이익!"

오크 노예의 피해가 속출하자 오크궁기병들이 발 빠르게 달려와 화살을 쏴 대응했다.

맞서 싸우지 않고 순순히 물러난 그리핀 편대는 기회를 엿보다가 다시 득달같이 달려들어 한 오크궁기병에게 U턴 샷을 펼쳤다.

콰콰콰콰콱—!

"취익!"

"히히힝!"

오크궁기병이 볼트로 고슴도치가 되어서 말과 함께 쓰러졌다.

오크궁기병도 죽기 전에 화살을 쏴서 대응했지만, 사실상 1 대 13의 대결이었던지라 그리핀 편대에게 아무런 타격도 주지 못했다.

오크궁기병들이 진열을 갖춰서 대응사격을 하려 하자, 그리핀 편대는 다시 물러나 버렸다.

조심스럽게 다니면서 철저하게 오크궁기병과 13 대 1, 혹은 13 대 2의 상황이 될 때만 달려들어 U턴 샷을 시도했다.

앞마당, 본진, 뒷마당, 다시 앞마당.

계속 들쑤시고 다니니, 이에 시달린 1시의 오크도 오크궁기병을 대폭 늘렸다.

그때 알렉산드로스의 목소리가 들렸다.

—오크궁기병들이 조직적으로 움직이고 있다. 포위망을 만들어서 그리핀 편대를 일소시킬 생각인가 본데 조심하도록.

그리핀 편대가 하도 날뛰니, 테무친 측은 전장 곳곳에 오크궁기병들을 배치해서 모든 동선을 차단하는 거대한 그물망을 만들기 시작한 모양이었다.

—알겠습니다.

이신은 재미있다는 생각이 들었다.

이신도 스페이스 크래프트를 할 때, 쐐기충들의 예상 경로에 보병을 보내 잡아버리곤 했다.

테무친이 같은 방식으로 그리핀 편대에 대한 방어를 하니 흥미진진했다.

'그물망의 구멍을 찾아 빠져나가 주지.'

이신은 그리핀 편대를 11시 오크의 진영으로 보냈다.

이에 맞춰서 전장 곳곳에 배치된 오크궁기병들도 11시를 향해 그물망을 좁혀나갔다.

그런데 그리핀 편대는 급격히 방향을 12시로 전환.

12시 지역을 경유하여서 1시의 삼거리 협곡을 절벽을 따라 통과하여 2시에 도달.

2시에 배치된 오크궁기병들의 사격을 피해 전장 끝에 바짝 붙어서 비행.

3시, 4시를 거쳐서 알렉산드로스의 진영이 있는 5시로 무사히 탈출하는 데 성공했다.

그러고는 이신의 본진인 7시로 귀환한 그리핀 편대.

'다시 간다.'

쉴 틈도 없이 그리핀 편대는 다시 11시로 출발했다.

크게 휘저어서 흔들어놓은 그물망 속으로 다시 뛰어든 것이다.

그런데 11시 인근까지 도달한 이신의 그리핀 편대는 문득 이상한 광경을 발견하였다.

'저건?'

*　　　*　　　*

오크는 유목민족과 거의 흡사한 특성을 가진 종족이다.

서열전에서도 그런 종족 특성이 반영되어 있는데, 대표적인 종족 특성으로 두 가지가 있다.

첫째, 비행 유닛이 없으나 뛰어난 전투력과 기동성을 겸비한 기마병과가 지상군에서 강점을 발휘한다.

둘째, 대부분의 건물이 천막으로 되어 있어서 오크 노예가 분해·설치를 할 수 있으며, 분해된 상태에서는 이동시킬 수도 있다.

물론 건물을 분해하여 이동시키는 것도 오크 노예가 필요하며, 이동 시에 속도는 휴먼의 투석기보다 더 느리다.

이신이 그리핀 편대를 통해 발견한 광경은 그 두 번째 특성과 관계가 있었다.

전투 병과를 소환하는 오크의 건물인 전사양성소가 대거 이동하고 있었다.

분해된 전사양성소 건물을 짊어진 오크 노예들이 줄줄이 협곡에서 빠져나와 전장의 중앙 지역으로 향하고 있었다.

'설마!'

이신은 그리핀 편대로 하여금 1시도 살펴보았다.

11시와 마찬가지로 1시 오크 또한 전사양성소 건물을 대거 밖으로 옮기고 있었다.

이것이 뜻하는 바는 하나였다.

병력 물량 회전력으로 승부를 보겠다는 뜻!

병력이 생산되는 건물이 중앙 지역에 있으면, 추가로 소환된 병력이 전투가 벌어지는 지역까지 이동하는 시간이 극도로 단축된다.

그러면 후속 병력이 빠르게 합류하므로 결국 물량에서 상대를 압도할 수 있게 된다.

—놈들이 승부를 보려는 모양이군.

이 사실을 함께 본 알렉산드로스가 중얼거렸다.

—우리도 지금 치고 나가야 합니다.

이신이 주장했다.

건물을 옮기고 있다는 것은, 현재 병력을 더 소환하지 않고 있다는 뜻이었다.

승부를 건다면 지금밖에 없었다.

건물들이 중앙 지역에 완전히 자리 잡는다면, 거기서 쏟아져 나오는 병력을 감당할 수 없게 된다.

—좋아, 가지.

알렉산드로스도 동의했다. 전투를 마다할 그가 아니었다.

알렉산드로스와 이신의 전 병력이 대거 쏟아져 나오기 시작했다.

마룡, 헬하운드, 엔트로 구성된 알렉산드로스의 군세.

석궁병, 방패병, 장창병, 그리핀 편대, 그리고 열기구에 태운 마법사 등 다양하게 구성된 이신의 군세.

—지금부터 총괄 지휘를 할 테니 정신 바짝 차리고 쫓아와.

—그러죠.

—우선 그리핀 편대는 적의 배후로 돌아 건물을 옮기는 오크 노예를 저격한다.

—예.

—나머지 병력은 6시 지점에 합류. 마법사는 네가 알아서

기회가 보이면 투입해라.

알렉산드로스의 지시가 떨어졌다.

그리핀 편대가 세차게 날았다.

8시, 9시를 거쳐 11시 삼거리 협곡을 통과하여 12시를 경유, 쭉 남하하며 적의 배후에 도달했다.

예상치 못한 방향에서 덮치기 위해 전장을 크게 우회한 이신은 그대로 적을 뒤에서 덮쳤다.

'분산 사격으로.'

"옛!"

이신의 지시에 로흐샨이 고개를 끄덕였다.

분산 사격은 그리핀에 탄 석궁병들이 2, 3개의 타깃을 각기 맡아서 집중 사격하는 방식이었다.

로흐샨의 유도 사격 능력을 응용한 U턴 샷과 달리 화력의 집중이나 정확·신속함은 부족하지만, 대신 여러 개채를 한 번에 사살하는 데 좋았다. 바로 오크 노예처럼 약한 타깃을 상대로는 말이다.

그리핀은 총 12마리.

그 위에 타고 있는 석궁병은 24명.

8명씩 오크 노예 1명씩을 노리고 분산 사격을 개시했다.

쉬쉬쉬쉭—

콰지직!

"취이익!"

콰직!

"취히익!"

전사양성소 건물을 분해하여 옮기던 오크 노예 셋이 단번에 즉사하였다.

건물 3채가 중간에 멈추자 뒤따라 건물을 옮기던 오크 노예들로 줄줄이 멈춰 설 수밖에 없었다.

"취익! 쏴라!"

"다 떨어뜨려 주마!"

오크 노예들을 호위하고 있던 오크궁기병들이 응사하였다.

그리핀 편대는 재빨리 후퇴했지만, 그리핀 1마리가 격추당하고 말았다.

"으아악!"

"떨어진다!"

그 위에 타고 있던 석궁병 2명도 추락사한 건 매한가지였다.

하지만 피해를 감수하고 펼친 작전이었으므로, 오히려 적은 손실이었다.

로호샨은 도망치는 와중에도 편대를 이끌고 U턴 샷을 2차례나 더 감행했다.

콰콰콰콱!

"취이익!"

쉬쉬쉭—

"취익!"

건물을 옮기던 오크 노예 둘을 더 죽이는 데 성공했다.

그리고 그 대가로 그리핀 1마리가 더 격추당했다.

다른 그리핀들도 여기저기 상처투성이였다.

'9시 지점에서 열기구와 합류해라.'

이신은 전 병력을 아주 치밀하게 운영했다.

지상군은 전부 6시에서 알렉산드로스의 마물군단과 합류하여서 진용을 갖췄으며, 열기구는 마법사 3명과 콜럼버스를 태워서 9시 지점으로 이동시켰다.

그리핀 편대가 9시에 도착하여 열기구와 합류하자, 이신은 콜럼버스를 내리게 했다.

그리고 콜럼버스에게 빙의, 치유 능력을 펼쳤다.

작전을 펼치느라 상처투성이가 된 그리핀들을 치유한 것.

치유가 끝나자 빙의를 해제하고 다시 그리핀 편대를 출발시켰다.

체력을 회복한 그리핀들은 힘차게 날아올랐다.

그러고는 끈질기게 후방에서 적들에게 U턴 샷을 날리며 견제, 또 견제!

상처 입으면 다시 9시 지역으로 돌아와서 콜럼버스에게 빙의된 이신에게 치유를 받았고, 또 작전을 펼치러 떠났다.

이렇듯 그리핀 편대가 집중적으로 날뛰자, 그곳에 오크궁기병들이 집중적으로 배치되었다.

슬슬 이신의 포석대로 되고 있었다.

—적의 후방에 큰 타격을 입히겠습니다. 타이밍에 맞춰서 진격해 주십시오.

—그걸 할 생각이군. 좋다.

알렉산드로스는 지난 사흘간 함께 훈련을 했기 때문에 이신이 무엇을 시도할지를 알아차렸다.

이신은 이윽고 열기구 3척을 추가로 동원했다.

열기구 3척은 이존효를 비롯하여서 장창병만 24명을 태워서 9시로 실어 날랐다.

그리핀 편대도 작전을 마치고 9시로 돌아와 합류.

그리고 놀랍게도 12마리의 그리핀에서 석궁병들이 모조리 내리고, 대신 장창병들이 올라탔다.

"출발하자! 이제 우리의 시간이다!"

이제 그리핀 편대의 수장은 로흐샨에서 이존효로 교체되었다.

이존효를 비롯하여서 장창병들만 가득 태운 그리핀 편대는 다시 적을 후방에서 습격했다.

바짝 독이 오른 오크궁기병들이 대거 배치된 채 지키고 있는 상황.

이존효는 개의치 않고 소리쳤다.

"죽을 각오로 싸워라! 돌격—!!"

[계약자 이신의 사도 상급 악마 이존효가 능력 광기를 사용합니다.]

[주변 아군이 광기에 휩싸여 공격력이 크게 강화되었습니다.]

그리핀 편대가 광기에 휩싸였다.

저돌적인 돌격!

오크궁기병들의 화살 세례가 쏟아졌지만 그래도 멈추지 않고 최대 가속으로 비행했다.

무려 2마리나 중간에 추락했지만, 계속 돌격!

마치 혜성처럼 오크궁기병들의 한복판에 떨어졌다.

콰콰콰쾅!

콰지지직!!

"취이익!"

"취익!"

오크궁기병들은 당황했다.

이번에도 얄밉게 그리핀에 탄 석궁병들이 볼트를 쏘고 도망칠 줄 알았다.

그런데 웬걸.

그리핀에는 석궁병이 1명도 없었다.

이존효를 비롯하여서 하나같이 근접전의 프로페셔널들인 장창병들만 탑승한 상황.

근접 공격에 취약한 오크궁기병들은 그대로 그리핀 편대의 육탄 돌진에 당해 살육당하기 시작했다.

"저공비행! 그리핀이 죽었으면 두 발로 서서 싸워라!"

이존효가 연신 짐승처럼 포효하며 싸웠다.

혼천절로 휘두르고 찌르고 베며 귀신같이 오크궁기병들을 베어 넘겼다.

오크궁기병들은 말을 타고 달아나며 활을 쏘려 했지만, 장창병들도 그리핀에 타고 있었기 때문에 능히 쫓아가서 장창으로 찔러 죽였다.

그것은 테무친 측의 실수였다.

아니, 2차전 내내 그리핀 편대로 괴롭히면서 포석을 두었던 이신의 설계였다.

그리핀 편대에 석궁병이 타고서 괴롭힌다.

뿐만 아니라 알렉산드로스도 마룡을 주력 병력으로 삼고 있는 상황.

그러니 자연스럽게 테무친과 바야투르는 오크궁기병의 비율을 높이고 오크창기병의 비율은 줄였다.

심지어 후방은 그리핀 편대가 계속 출몰한 터라 오크궁기병들만 배치된 상태.

이신은 의도적으로 오크궁기병이 집중되게 한 뒤에 그리핀 편대를 장창병으로 속성을 바꿔서 육탄 돌격을 시킨 것이다.

"그리핀이 죽을 것 같아!"

"젠장, 내려! 여기서 뼈를 묻는다. 한 놈이라도 더 데려갈 거야!"

그것은 대성공이었다.

저공비행을 하고 있던 장창병들은 그리핀이 죽으면 내려서 끈질기게 싸웠다.

이존효의 광기 효과도 받고 있고, 근접전에 강한 오크창기병이 없으므로 그야말로 물 만난 물고기.

결국 그리핀 편대는 전멸했고 이존효마저도 전사했지만, 거의 3배에 달하는 오크궁기병들을 죽인 엄청난 전과를 거두었다.

—적이 흔들린다! 이때다!

알렉산드로스는 승리의 냄새를 맡는 재주를 타고난 듯했다.

막대한 피해로 인해 적이 동요하고 있는 순간을 놓치지 않고 총공격을 펼쳤다.

양측의 총병력이 정면에서 충돌한 대회전이었다.

마룡들이 하늘에서 불을 뿜었고, 엔트들이 정면에서 성벽처럼 오크창기병들의 공격을 막았다. 그리고 헬하운드들은 파도처럼 대량으로 쏟아져 적을 물어뜯었다.

[계약자 알렉산드로스님께서 고유 능력을 사용합니다. 300마력이 소모됩니다.]

[사용자가 선두에 섰을 때 휘하 병력의 공격력이 20% 상승합니다.]

[계약자 보르지긴 테무친님께서 고유 능력을 사용합니다. 300마력이 소모됩니다.]
[말 위에 탄 휘하 병력의 공격력이 15% 상승합니다.]

[계약자 바야투르님께서 고유 능력을 사용합니다. 300마력이 소모됩니다.]
[적을 죽일 때마다 50마력을 얻습니다.]

계약자들의 능력이 일제히 발휘되었다.
이신도 콜럼버스에게 빙의된 채 아군에게 광범위한 치유를 마구 펼쳤다.
그야말로 대격돌이었다.
무시무시한 기세로 병력을 퍼부으며 맹공을 펼치는 알렉산드로스.
세련된 움직임을 펼치는 테무친과 바야투르의 기마군단.
병력을 하나하나까지 일일이 컨트롤하며 물 흐르는 듯한 신기의 용병술을 펼치는 이신까지.
올스타전이라 불러도 될 정도로, 용병술에 실수가 벌어지는 일이 하나도 없었다.

전력상 유리한 것은 알렉산드로스 측이었지만, 의외로 테무친 측은 끈질기게 버티며 싸움을 이어나갔다.

중앙까지 끌고 온 전사양성소에서 오크창기병·오크궁기병이 계속 소환되고 있었기 때문이다.

소환되자마자 즉시 싸움에 투입할 수 있으므로, 값싸고 빠른 헬하운드를 파도처럼 퍼붓는 알렉산드로스의 물량에도 버텨내는 중이었다.

'이래서 중앙까지 건물을 가져오는 무리수를 두었군.'

이신은 테무친의 발상에 감탄했다.

그리핀 편대를 쓴 작전으로 타격을 입히지 못했더라면 이기지 못했을 것이다.

즉,

'하지만 이번 판은 우리의 승리다.'

승패를 가른 것은 1시 오크 진영에 출현한 열기구였다.

"파이어 스톰!"

"파이어 스톰!"

화르르르르륵!!

"취이익!"

"취익!"

마법사들이 마침내 활약한 것이다.

마법사들은 본진이나 앞마당, 뒷마당을 순회하며 마력석을 캐는 오크 노예들을 태워 죽였다.

이어서 11시 오크 진영도 열기구가 출현하여 같은 일이 벌어졌다.

총력을 중앙 지역의 대회전에 쏟고 있는 테무친 측은 이를 막아내지 못했다.

마력 공급이 끊기자 더 이상 병력도 소환되지 않았다.

결국…….

[악마군주 발라파르님의 계약자 보르지긴 테무친님께서 패배를 선언하셨습니다. 악마군주 바알님의 승리입니다.]

2차전도 알렉산드로스 측의 승리로 돌아갔다.

때마침 좋은 소식이 들렸다.

[마력 총량 2,134,710으로 악마군주 그레모리 님께서 서열 13위가 되셨습니다.]

12위에 있는 발터 모델의 바로 코앞이었다.

*　　　*　　　*

3차전도 곧바로 시작되었다.

2연패를 당해 잃은 마력이 벌써 20만이지만, 테무친은 굴하게 바로 시작하자고 했던 것이다.

패배감은 찾을 수 없었고, 오히려 이신을 호기심 가득한 눈빛으로 응시하였다.

이신은 그런 테무친의 기색을 보며 그의 심중을 알아차렸다.

'아까웠다고 생각하는군.'

사실 2차전의 승패에 직접적으로 관여한 것은 두 가지 요소였다.

첫째, 그리핀 편대를 통한 작전 성공.

둘째, 마지막에 마법사로 오크 노예를 몰살시켜서 마력 공급을 끊은 것.

둘 중 하나라도 없었다면 중앙 지역에서 벌어진 대회전의 승자는 테무친 측이었을 것이다.

실제로 대회전은 알렉산드로스 측이 유리한 상태에서 칼을 뽑아 시작됐다.

그런데 중앙 지역에 옮겨진 건물에서 계속 추가되는 테무친 측의 병력으로 인해 싸움이 끈질기게 지속되었다.

실로 무서운 저력.

기본적인 전략 콘셉트에서는 테무친 측이 좋았다는 뜻이었다.

일종의 기교라 할 수 있는 이신의 술책에만 다시 당하지 않는다면, 이길 수 있다는 자신감이 있었으리라.

아무런 대책도 없이 바로 3차전을 시작한 게 그런 자신감을 증명했다.

—이번에는 시간을 많이 주지 않는 쪽이 어떨까 싶습니다.

3차전이 시작되었을 때, 이신이 말했다.

알렉산드로스는 잠시 생각하는가 싶더니 이윽고 대답해왔다.

—승부의 타이밍을 일찍 잡자는 건가?

—예.

—더 일찍 잡는다면, 녀석들이 앞마당·뒷마당에 확장을 시도하는 타이밍이겠군.

—그렇습니다.

—나쁘지 않겠군.

알렉산드로스는 의외로 쉽게 동의했다.

2차전 때 이신의 공이 컸던지라 의견을 곧잘 받아들여주기로 한 듯했다.

—그렇다면 난 마룡 대신 독포자꽃으로 가겠다. 넌 지상군 비율을 줄이고 그리핀의 비중을 높여라. 이번에는 결전 장소가 중앙 지역이 아닌 협곡이 될 것 같으니까.

벌써 알렉산드로스는 이번 3차전의 밑그림을 그린 듯했다.

'협곡 밖으로 나오기 전에 치겠다는 뜻이로군.'

이신도 금방 알아들었다.

역시나 실력자들끼리라 말이 잘 통하는 것이었다.

이신은 계획에 맞춰서 빠르게 테크 트리를 탔다.

그런데 뜻밖의 일이 벌어졌다.

알렉산드로스의 진영으로 향하는 오크 전사를 발견한 것이다.

그것도 2명.

'벌써?'

오크 전사를 빨리 소환하기 위해 조절했다는 뜻이었다.

그 목적은 단연 공격.

—날 도와줘야겠군.

—병력이라고는 궁병 1명밖에 없습니다. 대신 콜럼버스를 보내겠습니다.

이신은 그리핀을 빨리 소환하기 위해 테크 트리를 타는 데 마력을 투자한지라 병력이 거의 없었다.

대신 여러 모로 유용한 콜럼버스를 보내기로 했다.

다른 방향에서도 오크 전사 2명이 알렉산드로스의 진영으로 향하는 것이 보였다.

—시작부터 날 노리기로 작정을 했군.

—승부수까지는 아니지만, 계속 공격을 시도해서 당신을 가난하게 만들려는 속셈입니다.

—마력을 소모시켜서 진출 타이밍을 늦출 속셈이겠지.

뜻밖의 강공이라 곤란해졌다.

하지만 알렉산드로스는 이내 헬하운드를 소환하고, 마력석 채집장을 구축한 앞마당에 화염진을 설치하여서 방어 태세를 갖췄다.

오크 전사들은 화염진이 완성되기 전에 도달했다.

화염진의 진행도는 이제 절반 정도.

마물의 방어 시설인 화염진이 완성되면 디펜스에 용이해지지만, 그전까지 최대한 피해를 입지 않고 버텨야 했다.

헬하운드들이 오크 전사들과 대치했다.

그런데 오크 전사의 숫자가 3명밖에 없었다.

'나머지 한 명은?'

그런 의문이 들었을 찰나였다.

[적을 발견했습니다.]

콜럼버스가 알렉산드로스를 돕기 위해 삼거리 협곡에 이르렀을 때, 통로를 지키고 있는 오크 전사 1명을 발견했다.

"어떻게 할까요? 블링크를 쓸까요, 아니면 마비침을 쓸까요?"

콜럼버스가 물었다.

'블링크를 쓰게 만들려는 수작이다. 따돌리고 통과하려면 마비침 1발이면 되나?'

"2발은 써야 할 것 같습니다, 주군."

이신은 혀를 찼다.

테무친의 꾀인지 아니면 바야투르의 꾀인지, 오크 전사 1명을 협곡 입구에 세워둔 건 좋은 판단이었다.

이신은 하는 수 없이 지시했다.

'블링크를 써. 마비침은 싸울 때 써야 한다.'

"옛!"

콜럼버스는 결국 블링크를 사용하여서 오크 전사를 따돌리고 안으로 들어갔다.

이어서 전투가 벌어졌다.

오크 전사들은 콜럼버스가 오기 전에 공격을 시작했다.

헬하운드들과 뒤엉켜 난투!

콜럼버스가 마비침을 잇달아 쏘았고, 그 틈에 헬하운드들이 거칠게 물어뜯었다. 덕분에 오크 전사 1명이 처치되었다.

[계약자 보르지긴 테무친님의 사도 상급 악마 취르크가 능력 사투를 사용합니다.]

[사도 취르크의 체력이 30% 회복되었습니다.]

테무친이라고 사도가 없지는 않았다.

유난히 용맹하게 싸우는 오크 전사가 체력을 약간 회복하여서 분전을 벌인다.

오크 전사 1명이 콜럼버스를 노리자, 마비침이 다 떨어진 콜럼버스는 후다닥 내뺐다.

오크 전사는 콜럼버스를 헬하운드들과 떨어뜨려놓을 의도

였다.

이신이 콜럼버스에 빙의하여서 치유 능력을 쓴다는 걸 알기 때문.

하지만 콜럼버스는 이신의 컨트롤 지시대로 움직였다.

아슬아슬하게 오크 전사의 칼질을 피하며 우회하여서 헬하운드들에게 향했다.

알렉산드로스도 헬하운드들로 하여금 콜럼버스를 보호하게 해주는 센스를 보였다.

이윽고 이신이 빙의하여서 치유 능력을 발휘했다.

[계약자 이신님께서 고유 능력을 사용합니다. 1초에 5마력씩 소모됩니다.]

[주변의 모든 아군의 체력이 회복됩니다.]

범위를 최소로 좁혀서 치유 효과를 극대화시키고, 공격받고 있는 헬하운드들을 집중적으로 도왔다.

하지만 오크 전사들도 잘 싸웠다.

한 헬하운드를 집중적으로 노려서 회복할 여지도 없이 치명타를 입혀 죽이는 방식으로 계속 싸웠다.

계속해서 새로 추가 소환된 오크 전사들이 도착했다.

테무친과 바야투르는 계속 오크 전사를 꾸준히 소환하며 투입했고, 알렉산드로스도 이를 막아내기 위해 헬하운드들을 소환해야 했다.

2 대 1로 공격당하는 상황이지만, 이신이 콜럼버스에 빙의한 채 계속 치유 능력을 써주고 있었던 덕에 꾸준히 막아내고 있었다.

문제는 이 소모전이 알렉산드로스 측에게 썩 좋지 않다는 사실이었다.

—이런 소모전은 손해입니다.

—나도 알아. 날 가난하게 만들어놓고 시작하려는 모양인데, 테무친의 머리에서 나온 전략 같군.

오크 전사는 강하지만 비싸다.

헬하운드는 값이 싸고 여러 마리씩 소환할 수 있지만 체력이 약하다.

하지만 이 둘이 똑같은 효율로 소모전을 벌이면, 손해 보는 쪽은 마물이었다.

마물은 모든 병력이 마법진에서만 소환되기 때문.

마법진은 한 번에 병력을 세 개씩밖에 소환하지 못한다.

즉, 지금의 상황은 헬하운드를 소환하기 위해 클로를 소환하지 못하는 것이다.

반면 오크는 오크 전사를 소환하면서 오크 노예도 소환할 수 있다.

시간이 지날수록 오크는 오크 노예가 많아져서 마력 채집량이 늘어나는데, 마물은 일하는 클로를 늘리지 못해서 상대적으로 가난해진다.

그럼 이신은?

마물처럼 상대적인 손해를 보는 건 아니지만, 치유 능력을 계속 펼치느라 마찬가지로 마력을 소모하고 있었다.

—이제 도우러 출발합니다.

—서둘러. 여기 있는 오크 전사들이라도 다 잡아야 해.

그사이에 궁병을 다수 모은 이신도 출발했다.

그 타이밍을 치밀하게 계산했는지, 테무친 측도 싸움을 멈추고 오크 전사들을 철수시켰다.

—이놈들이!

부아가 치민 알렉산드로스가 추격하려 들었다.

이신이 재빨리 경고했다.

—그냥 놔두십시오.

—뭐?

—헬하운드를 더 소모하면 안 됩니다. 그리고 이제 헬하운드를 더 소환하셔도 안 됩니다. 클로를 보충하십시오.

이신이 계속 말했다.

—이제 목적을 달성했으니 더는 오지 않을 겁니다. 오더라도 제가 알아서 막겠습니다.

—제길, 알았다.

알렉산드로스는 혀를 찼지만 이신이 옳다는 것을 알고 있었기 때문에 추격을 관뒀다.

또한 헬하운드를 더 이상 보충하지 않고, 오직 클로만 소환했다.

만약에 상대측이 오크 전사를 계속 보내서 끝장을 보려 들면 위태로울 수 있지만, 그렇다고 이렇게 소모전을 계속해도 승산이 없기는 마찬가지였다.

한쪽을 배제하고 양자택일을 확실히 할 필요가 있었다.

'이신을 믿는 수밖에. 이런 순간에 써먹으려고 데려왔으니까.'

협곡에서 빠져나가려는 오크 전사들이 이신이 보낸 궁병들과 맞닥뜨렸다.

"쳐라!"

서로 조우하자 오크 전사들이 궁병들에게 달려들었다.

정면 승부는 숫자가 더 많다 하더라도 아직 석궁병으로 진화하지 않아 나약한 궁병들이 불리하다.

하지만 이신은 기꺼이 싸움을 택했다.

이미 테무친의 술책에 말려든 상황.

하다못해 이 오크 전사들이라도 죽여야 손실을 약간이나마 만회할 수 있었다.

'로흐샨, U턴 샷의 원리 그대로다. 내 지시를 잘 따라와.'

"옛, 주군!"

이신은 머릿속에 가상의 키보드와 마우스를 컨트롤을 하기 시작했다.

[계약자 이신의 사도 상급 악마 로흐샨이 능력 유도 사격을 사용합니다.]

[로흐샨과 가까운 아군 석궁병 12인이 동일한 타이밍에 동일한 지점을 적중시킵니다. 5초에 1회씩 사용 가능합니다.]

궁병들이 일제히 뿔뿔이 흩어졌다.

흩어졌지만 로흐샨과 일정 거리를 유지한 채였다. 유도 사격의 적용 범위에 있기 위함!

궁병들은 유도 사격을 펼쳐서 오크 전사 1명을 공격하고, 남은 5초 동안 접근하는 오크 전사들을 피해 도망치는 용병술을 펼쳤다.

그러면서도 이신의 정밀한 지휘(컨트롤)에 따라서 도망쳤다가 다시 뭉쳐서 유도 사격을 펼쳤다가를 반복했는데, 흩어졌다가 모이기를 자유자재로 반복하는 궁병들의 용병술은 오크 전사들을 압도했다.

쉬쉬쉭— 콰콰콰콱!

"취이익!"

오크 전사들은 칼질 한번 제대로 못 해보고 죽어나갔다.

이대로 싸워봐야 소용없다는 걸 알고 다른 오크 전사들은 그대로 도주했지만, 이신은 집요하게 쫓아가서 기어코 모두 죽이는 데 성공했다.

—정말 그건 어떻게 하는 거야?

이신의 놀라운 활약에 알렉산드로스가 기가 차서 물었다. 그 정도로 대단한 용병술이었던 것이다.

—저만의 노하우입니다.

가르쳐 주기 싫을뿐더러, 설명하려 해도 개념을 이해시키기 어려웠다.

—흥, 반드시 터득하고 말겠어. 어쨌든 이제 놈들도 오크 전사를 더 보낼 엄두를 못 내겠군.

칼질 한번 못하고 다 죽어버렸으니, 이신을 상대로 오크 전사를 더 쓸 생각은 못 할 터였다.

하지만 테무친의 의도에 말려드는 바람에 알렉산드로스도 이신도 가난해졌다.

애초에 의도했던 대로 타이밍을 잡고 치고 나갈 수가 없게 된 상황.

'예감이 좋지 않군.'

이신은 내심 좋지 않은 느낌을 느꼈다. 그리고 그 예감은 그대로 적중되었다.

*　　　*　　　*

이신이 느낀 불길함은, 이렇게 가난하게 출발했는데 중반에 치고 나오는 테무친과 자웅을 겨룰 수 있느냐였다.

그 불길한 예감은 적중되었다.

오크창기병과 오크궁기병이 1 대 2의 비율로 섞인 기마군단이 치고 나오자 당해내기가 어려웠다.

그리핀 편대로 계속 공작을 벌였지만, 테무친 측의 지대공 대응 능력은 이전 판보다 더 기민해져 있었다.

'같은 수법은 다시 안 통한다, 이건가.'

게다가 2차전보다 더 비율이 높아진 오크창기병.

그로 인해 기마군단은 한층 더 거칠고 공격적이었다.

강력한 2오크를 상대로 정면 승부는 무리.

알렉산드로스는 협곡에 끌어들여서 섬멸시키기로 작정하고 적당히 유인했다.

그러자 테무친도 비로소 숨겨 왔던 진가를 보여주었다.

중앙까지 옮겨놓았던 전사양성소 건문들을 협곡 입구까지 끌고 온 것!

알렉산드로스의 진영으로 들어서는 협곡의 입구에 잔뜩 늘어서 있는 전사양성소!

거기서 쑥쑥 소환된 오크창기병과 오크궁기병이 계속 협곡 안으로 다이렉트로 투입되었다.

그것은 엄청난 물량 공세였다.

소환되자마자 전장에 합류하는 오크들!

알렉산드로스가 화염진을 잔뜩 설치하고 맞서보아도 막아내지 못했다.

이신은 마법사의 파이어 스톰으로 일발 역전을 노려보았지만, 비좁은 협곡에서는 오히려 열기구에 태운 마법사들을 내릴 포인트도 여의치 않았다.

물론 그리핀 편대는 좁은 협곡에 몰려 있는 오크들을 상대로 U턴 샷을 미친 듯이 펼치며 분전했지만 대세에 영향을 주지는 못했다.

알렉산드로스가 전멸당하자 이신도 고개를 젓고는 패배 선언을 했다.

그리고 연이은 4차전.

테무친은 이번에는 이신을 먼저 노렸다.

어느 정도 직감한 이신은 협곡 입구가 아니라 본진 입구에 심시티를 펼쳤지만, 출입구가 앞마당과 뒷마당 두 개라는 점이 방어에 용이치 않았다.

그런대로 건물 배치를 절묘하게 하여서 모두 틀어막았지만, 테무친은 바야투르와 함께 오크 전사를 계속 투입하며 터프하게 밀어붙였다.

심시티를 이루고 있던 식량 창고를 강제로 깨부수자, 이신은 일하던 노예들까지 투입.

지원 온 알렉산드로스의 헬하운드들과 함께 치열한 접전 끝에 막아냈으나, 역시나 이번에도 피해가 만만치가 않았다.

'곧이곧대로 밀어붙여 버릴 줄은 몰랐군.'

잘 방어가 되어 있는 모습을 보면 웬만해서는 들어가지 않고 물러서는 게 보통의 심리였다. 실력이 좋을수록 더욱 손해를 보는 싸움을 하지 않는다.

하지만 테무친은 그냥 밀어붙였다.

강제로 식량 창고를 부숴 버려서 심시티를 깨고 들어간 것이 주효했다.

'초일류다운 판단이다.'

2오크가 동시에 밀고 들어왔으니 이신으로서도 난감했던 상황.

설마 그렇게까지 집요하게 밀어붙일 줄은 몰랐기 때문에 알렉산드로스의 지원도 약간 타이밍이 늦었고, 때문에 이번에도 가난한 출발을 할 수밖에 없었다.

테무친은 확실히 가닥을 잡은 듯했다.

지속적으로 위협적인 기습을 펼쳐서 알렉산드로스와 이신이 마력을 낭비하도록 유도했다.

그러면서 본인들은 예정대로 기마 병력을 확보하기 시작.

그리핀 편대의 견제에 대한 대응도 점점 기민해졌다.

2차전에서 호되게 당했고, 3차전에서는 어느 정도 막았다. 계속 경험하다 보니, 이제 4차전에서는 더 잘 막는 것이었다.

같은 수법을 반복했으니 당연한 일이었다.

이신이 할 수 있는 것은 그럼에도 계속해서 그리핀 편대로 공략해서 신경 쓰이게 만드는 일이었다. 한마디로 귀찮게 하는 것.

그리핀 편대를 방어하기 위해 병력을 따로 배치하게 만들어서 적의 군세가 하나로 뭉치지 않고 분산되게 만드는 작업이었다.

하지만 그것만 가지고는 부족했다.

분산된 이 병력들을 각개 격파할 수 있는 강력한 수단이 하나 필요했다.

'역시 투석기밖에 없는데.'

이신은 그렇게 생각이 미쳤다.

현재 테크 트리는 병영 위주의 지상군과 그리핀, 마법사였다.

여기서 투석기를 제작하려면 특수병영을 건설하고 기술 개발도 따로 해야 하는 등 테크 트리를 새로 타야 했다.

그건 전체적인 전략에도 큰 영향을 미칠 정도라 알렉산드로스의 동의를 구해야 했다.

그리고 알렉산드로스의 성향으로 미루어 보면 허락할 리가 없었다.

투석기를 쓰기 시작하면, 휴먼은 스피디한 속도전보다는 자리를 잡고 굳히는 식의 스타일로 해야 한다.

속도가 생명인 마물은 그런 휴먼이 장기전으로 가도록 보조적인 역할밖에 할 수 없다.

전략의 중심이 이신이 되는 것.

투석기를 제작하는 것 하나가 그런 의미가 있다는 것을 알렉산드로스라면 알고 있을 터였다.

자신이 주역이 아니게 되는 것을 용납될 리가 있겠는가?

자기 자신을 신격화했을 정도로 자존감이 높은 알렉산드로스가 말이다.

'그렇다고 이대로 갔다가는 3차전과 같은 패턴이 될 게 뻔한데.'

이신은 곰곰이 생각했다.

그렇다고 평소 성격대로 직선적으로 요구하자니, 알렉산드로스와 충돌이 벌어진다.

그래서 참았다.

지난 사흘간의 훈련은 전략뿐만이 아니라, 그런 성격적인 문제까지 조율하는 과정이었다.

이신도 어디 가서 남의 밑에서 고개 숙일 사람이 아니었다. 한 번도 타인 탓에 자신의 의견을 굽혀본 적이 없었다.

그럼에도 이번에는 참은 것이다.

상대가 알렉산드로스였으니까.

그리고 스스로는 자각하지 않았지만, 계약자가 된 후로 지금까지 이신은 예전보다 독선적인 측면이 줄어들었다.

어린 시절보다 냉정하고 날 선 모습이 많이 사라진 것.

어쩌면 이신도 나이가 들면서 계속 성장하고 있는 건지도 몰랐다.

'하지만 만약을 위해서 포석을 하나 깔아두는 것도 좋겠지.'

4차전이 3차전과 같은 양상으로 계속되자 이신도 좀 더 복잡한 생각을 할 수밖에 없었다.

결국 테무친이 또 중앙으로 치고 나왔다.

오크창기병과 오크궁기병이 몰려나오고, 전사양성소 건물들도 줄지어서 중앙 지역에 옮겨졌다.

더불어 테무친과 바야투르는 앞마당·뒷마당에 마력석 채집장을 한꺼번에 구축하면서 물량을 뽑아내기 위한 마력 확보에 들어갔다.

—계속 흔들어. 난 중앙 지역에서 놈들의 이목을 끌겠다.

—알겠습니다.

이신은 즉각 그리핀 편대를 출격시켰다.

12마리의 그리핀과 24명의 석궁병으로 구성된 편대가 비행했다.

그리핀 편대가 움직이는 것을 포착하자, 테무친 측도 오크궁기병들이 일사불란하게 움직이며 대대적인 지대공 방어에 나섰다.

2차전부터 선보였던, 커다란 그물을 쳐서 그리핀 편대를 몰이 사냥하는 움직임이었다.

하지만 알렉산드로스도 구경만 하고 있지 않았다.

마룡 편대와 다수의 헬하운드들이 함께 움직이며 중앙 지역에서 오크들을 자극했다.

치고 빠지고, 소수의 적 병력을 만나면 에워싸서 처치해 버리며 그리핀 편대를 노리는 그물이 펼쳐지지 못하게 막았다.

아직 테무친이나 바야투르나 병력이 폭발적으로 쏟아져 나오는 시기가 아니었기 때문에 그들 또한 조심스러워했다.

그 틈에 그리핀 편대는 끊임없이 U턴 샷을 펼치며 견제.

아주 조금씩이지만 야금야금 피해를 누적시켰다.

하지만 대세에 지장을 줄 정도는 아니었다.

이번에도 3차전과 마찬가지로 오크들의 수비가 너무 좋았다.

—역시 큰 피해를 주기는 어렵습니다.

—3차전 때와 같은 규모로 병력이 나온다는 뜻이군.

심정적으로 알렉산드로스 측은 코너에 몰려 있었다.

점점 병력 규모가 커지고 있는 기마군단.

넓은 중앙 지역에서 대회전을 벌이기에는 여의치가 않았다.

애당초 대회전에서 대승을 거둔다는 시나리오가 알렉산드로스의 핵심 전략이었으나, 이에 대비해서 테무친이 들고 나온 전략이 카운터를 친 것이나 다름없었다.

앞·뒷마당에 마력석 채집장을 구축하며 마력 확보에 들어간 시기에, 전사양성소 건물들을 대거 중앙으로 이주.

그 뒤에 채집되는 마력량이 풍부해지면서, 중앙에서 쏟아지는 병력 물량!

마물이 오크를 상대로 물량에서 밀리지 않는다는 알렉산드로스의 기본 전제가 깨친 셈이었다.

'차선책으로 협곡으로 유인해서 승부를 치르는 전술도 통하지 않았지.'

기마군단이 제대로 진가를 발휘할 수 없는 좁은 협곡에서 싸우면, 그리핀이나 마룡을 거느린 아군이 훨씬 유리할 거라고 생각했다.

하지만 테무친은 거기에 대해서도 카운터를 쳐버렸다.

아예 전사양성소 건물을 협곡까지 끌고 와서 물량을 퍼부은 것이다.

소환되자마자 싸움에 참여할 수 있으니, 그렇게 2오크가 물량 공세를 펼치면 마물 혼자서 감당할 리 만무했다.

—협곡으로 유인해도 소용없다. 그럼 역시 대회전밖에 없어.

알렉산드로스가 말했다.

그는 역시나 불리하더라도 정면 승부를 택했다.

잘 싸워서 어떻게든 판을 엎어버린다는 배짱이었다.

그런데 그때였다.

—아뇨, 협곡으로 유인하죠.

이신이 말했다.

—뭐?

—협곡으로 유인하십시오. 이길 방법은 그것뿐입니다.

—그럼 지난 판과 똑같이 된다는 걸 모르지는 않을 텐데?

—적이 협곡에 들어오면, 제가 바깥에서 협곡을 틀어막아

서 적 병력이 협곡에서 나오지 못하게 만들겠습니다.

—…….

—그러면서 동시에 열기구를 통한 본진 침투로 한 명을 끝내 버리겠습니다.

알렉산드로스는 말이 없었다.

협곡 봉쇄.

막강한 기마군단이 협곡에서 나오지 못하게 하려면 무엇이 필요한지 잘 알고 있었기 때문이다.

—투석기인가…….

—투석기 제작은 당장 할 수 있게 해두었습니다.

이럴 경우를 대비해서 투석기를 제작하기 위한 테크 트리는 미리 올려둔 이신이었다.

지금 이 상황을 상정하여서 이길 수 있는 시나리오를 짜두었던 것이다.

협곡에서 적의 주력이 나오지 못하게 봉쇄한다?

협곡 안에 본진이 있는 알렉산드로스는 적의 주력에 의해 끝장난다는 뜻이었다.

즉, 이신의 생각대로라면 알렉산드로스는 미끼로 던져진 희생양이었다.

—으음…….

일리 있는 전략이라 대차게 거절할 수도 없고, 알렉산드로스는 고민했다.

그런 그에게 이신이 계속 말했다.

—처음부터 생각이 잘못됐습니다. 종족별로 강한 시기를 따지자면, 초반은 마물, 중반은 오크, 후반은 휴먼입니다. 지금은 바로 그 중반이고 이때 우리가 승부를 보려고 하니 어려운 입장이 될 수밖에 없는 겁니다.

—그렇긴 하지.

—해볼 만한 싸움을 만들기 위하여 그리핀 편대로 게릴라도 펼쳐보곤 하지만, 오크들 입장에서는 그런 것만 잘 막아내며 피해를 안 입으면 자연스럽게 유리해집니다.

—…….

—제가 투석기를 제작하면서 후반을 바라보면 상황은 반대가 됩니다. 해볼 만한 싸움을 만들기 위해 먼저 무언가를 시도해야 하는 쪽은 오크들입니다.

알렉산드로스는 침묵했다. 그의 성격상, 이건 이신의 의견이 옳다고 보고 있다는 뜻이었다. 아니다 싶었으면 바로 칼같이 거절했을 것이다.

이신은 계속 밀어붙였다.

—희생하십시오. 같이 맞바꿔서 일대일이 되면 휴먼이 가장 강력해지는 후반이 됩니다. 테무친이든 바야투르든 후반 상황에서 일대일이면 전 안 집니다.

알렉산드로스가 마침내 입을 열었다.

—테무친이 지원자로 바야투르를 지명했을 때, 반사적으로

난 휴먼과 드워프를 떠올렸지. 그중 드워프는 느려 터졌으니 뺐고.

—…….

—항우나 조아생 뭐라를 데려오는 게 당연했을 텐데, 난 휴먼을 떠올렸고 널 떠올렸어.

알렉산드로스가 계속 말했다.

—아마 그때 내 본능은 싸움의 양상이 이렇게 될 거란 걸 직감했던 걸 거야.

—그럼?

—허락한다. 체질적으로 싫은 일이지만, 이번 싸움의 주역은 내가 아니라 너여야 해. 처음부터 그랬어야 했어. 나폴레옹도 마물을 아군을 위해 희생하는 역할로 썼기 때문에 날 꺾고 축제의 최종 승자가 될 수 있었던 거고.

비로소 단체전에서 자신이 어떤 역할을 해야 하는지 깨달은 알렉산드로스였다.

제6장

마무리

먼저 칼을 뽑아든 것은 테무친이었지만, 4차전의 판도를 결정한 건 이신이었다.

테무친이 바야투르와 함께 강력한 기마군단을 동원했다.

기마군단이 가장 먼저 노리는 쪽은 단연 방어가 약한 마물.

알렉산드로스만 처치하면 2 대 1의 상황이 되므로 승리한 것이나 다름없었다.

이에 맞서 알렉산드로스는 전 병력을 자기 진영까지 후퇴시켰다.

삼거리 협곡에서 적을 맞아 싸우겠다는 제스처였다.

3차전과 똑같은 상황.

테무친은 기꺼이 협곡으로 진입했다.

동시에 3차전과 마찬가지로, 전사양성소 건물들도 협곡 앞까지 옮겼다.

"취이익!"

"죽여라! 취익!"

"크르릉!"

"컹컹!"

포효하는 오크들과 울부짖는 마물들이 협곡에서 충돌했다.

용맹의 오크와 광기의 마물.

폭력적인 두 종족이 부딪치는 광경은 끔찍하기 이를 데 없었다.

알렉산드로스, 테무친, 바야투르.

각자 살아생전 자신의 시대를 지배하였던 정복자들이 고유능력을 펼치며 유감없이 맞붙었다.

엔트로 앞을 막고 마룡들로 공중에서 타격하며, 앞마당에 화염진을 잔뜩 설치하여서 버틴다. 알렉산드로스는 그야말로 끈질기게 버티려고 최선을 다했다.

하지만 오크들은 계속 꾸역꾸역 밀려왔다.

그리고 그 자리에 없었던 이신이 마침내 나타났다.

'열기구는 투석기와 마법사를 일제히 드롭.'

'석궁병은 오크 노예부터 처치.'

'투석기는 전사양성소 건물들을 바리케이드 삼아서 배치.'

'장창병은 전사양성소에서 소환되는 오크를 살육해라.'

'방패병은 협곡의 출입로를 틀어막아라. 아무도 못 빠져나가게 한다.'

이신의 여러 가지 명령이 속사포처럼 터져 나왔다.

열기구에서 내린 투석기가 재조립되기 시작했다.

협곡 앞에 도열된 전사양성소 건물들이 거꾸로 이신의 투석기를 지켜주는 방벽 역할이 되어 버렸다.

건물을 분해해서 옮길 수 있는 오크 노예들은 석궁병들의 집중사격을 받고 진즉에 사살당했다.

장창병들은 전사양성소에서 소환되는 오크 병력이 나타나자마자 죽이기 위해 대기했고, 방패병들은 건물들을 중심으로 스크럼을 짜서 살아 있는 장성(長城)이 되었다.

물론 테무친도 이신의 존재를 의식하고 있었다.

이신이 뒤를 칠 것에 대비하여서 기마군단 일부를 빼두었지만, 그들도 제 역할을 제대로 못 했다.

왜냐하면…….

"파이어 스톰!"

화르르르륵!!

조금이라도 접근할라치면 마법사가 마법을 펼쳐서 위협한 것이다.

다양한 병과의 완벽한 조화!

완벽한 하모니를 이루는 오케스트라처럼 이신의 지휘는 정밀했다.

그렇게 되니 테무친 측의 주력 병력은 협곡에 갇혀서 빠져나가지 못하게 되었다.

봉쇄를 뚫고 나가려 하면, 투석기가 집중적으로 바위를 쐈기 때문.

좁은 협곡에서 투석기들의 바위 세례는 너무나 위협적이었다.

테무친으로서는 도리가 없었다.

이렇게 된 이상, 일단은 알렉산드로스부터 완전히 끝장내버린 후에 이신을 처리하는 수밖에 없었다.

일단 2 대 1의 상황이 된다면, 협곡을 봉쇄하고 있는 병력도 어찌어찌 걷어낼 수 있을 거라고 판단한 것이다. 다른 방도가 없으니 즉각 할 수 있는 차선을 택하고 움직이는 테무친이었다.

그런데 그때, 반전은 다시 한 번 펼쳐졌다.

그것은 바로 이신의 본진 안에서 화염진을 그리고 있는 클로 1마리였다.

'미끼가 된 것도 모자라서 전멸당하는 수모까지 당할까 보냐?'

건물이 하나라도 있으면 전멸 판정을 받지 않는다.

게다가 건진 건 클로 1마리만이 아니었다.
협곡 봉쇄 작전이 성공하자, 하늘을 날 수 있는 마룡들도 본진을 포기하고 그곳을 빠져나온 것이다.
총 14마리의 마룡 편대.
없는 것보다는 있는 편이 훨씬 도움이 될 만한 전력이었다.
알렉산드로스는 이신에게 소리쳤다.
—뭐하나? 봉쇄가 완료됐으면 필요한 병력만 남겨놓고 놈들의 본거지를 친다!
—예.
—내 클로를 잘 보호하도록 해. 둘 중 한 놈의 본거지를 쓸어버리면 내가 그 자리에 마법진을 건설하고 차지할 테니까.
—마법진을 건설할 마력이 남아 있으신 겁니까?
—그럼 아무 대책도 없었을까 봐?
이신은 나직이 감탄했다.
역시 알렉산드로스였다.
협곡 안에 적의 주력이 묶인 틈을 타서, 테무친이나 바야투르 둘 중 하나를 끝장낸다.
그리고 그 자리에서 알렉산드로스가 다시 재기하면, 비록 초라한 재출발이라 할지라도 어쨌거나 2 대 1의 상황이 되어버린다.
한 명을 없애고 2 대 1로 만들려 했던 테무친의 계획이 거꾸로 이루어지는 꼴이다.

이신은 일부 병력만 남겨놓고 1시로 진격했다.
알렉산드로스의 마룡들도 함께 움직이며 보조를 이루었다.
일단 일부 병력을 1시의 협곡 초입과 주변에 분산시켜서 봉쇄. 단 1마리의 오크 노예도 빠져나가지 못하게 해놓고, 남은 병력은 안으로 돌입했다.
협곡에 갇혀 있던 테무친 측의 기마군단이 발악을 했다.
이신의 봉쇄를 강제로 뚫기로 결심한 것.
1시는 바로 바야투르의 진영이었다.
바야투르의 모든 건물이 전멸해 버리면, 이곳에 발이 묶인 기마군단 중 바야투르 휘하의 절반가량도 무용지물로 소멸되는 것.
그럴 바에는 차라리 도박적인 강행 돌파라도 시도한 것이다.
하지만…….
투웅! 퉁! 퉁!
투석기들이 바위를 난사했다. 집채만 한 바위가 날아와 오크창기병과 오크궁기병을 짓이겨 버렸다.
피해가 막심해지자 테무친은 결국 더 싸우기 않고 일찌감치 패배를 선언해 버렸다.

[악마군주 발라파르님의 계약자 보르지긴 테무친님께서 패배를 선언하셨습니다. 악마군주 바알님의 승리입니다.]

4차전은 그렇게 알렉산드로스와 이신의 극적인 역전승으로 끝났다.

3승 1패.

한 판에 엄청난 마력이 오가는 서열전에서 이 정도의 결과가 나타나자, 제 아무리 최상위의 악마군주라도 태연할 수 없었다.

악마군주 발라파르는 테무친과 함께 긴히 대화를 나누었다.

이어서 5차전을 할지 이쯤에서 도전을 포기할지 상의하는 모양이었다.

지원자로 온 바야투르야 패배해도 잃을 게 없으니 별반 심각해하지 않았지만 말이다.

이윽고 악마군주 발라파르는 테무친과의 대화를 통해 결론을 내렸는지, 다가와 말했다.

—계속하자. 변동 사항은 없겠지?

"물론. 마력도 전장도 그대로다."

발라파르와 바알이 5차전을 결정했다.

분위기로 보아 5차전까지 해보고 또 패배한다면 도전을 포기하고 물러날 생각인 듯했다.

하지만 5차전에서 알렉산드로스와 이신은 새로운 전략 패턴을 보여주었다.

그것은 바로 알렉산드로스의 헌신!

알렉산드로스는 모든 것을 포기하고 오직 헬하운드만 잔뜩 뽑아서 시작부터 상대를 집요하게 공격했다.

이신은 그저 콜럼버스를 보내서 적당히 보조해 주었을 뿐이었다.

알렉산드로스가 그렇게 물고 늘어지니 두 오크도 오크 전사를 계속 소환해서 맞서야 했고, 그 틈에 이신은 테크 트리를 올려서 기사를 소환했다.

헬하운드들과 드잡이를 하느라 아직 기마 병력을 마련할 여유가 없었던 두 오크에게, 오히려 이신이 기사들을 비밀리 소환해서 불의의 일격을 선사한 것이다.

설마 강력한 기마군단이 자랑인 오크를 상대로 휴먼이 기사단을 쓸 줄을 몰랐던 탓에, 테무친 측은 급격이 무너져 버렸다.

그것은 이신이 활약할 판을 만들어주기 위하여 맹렬하게 싸워준 알렉산드로스의 공이 지대했다.

"완전히 졌군. 이제 승산이 없다는 게 확실해졌다."

테무친이 탄식하듯이 말했다.

바야투르도 고개를 휘휘 내저었다.

"저 거만한 놈이 저런 역할을 할 줄이야."

"뭐야?"

알렉산드로스가 쌍심지를 켜고 반발했다.

테무친이 말했다.

"장기 말처럼 다룰 수 있는 항우나 조아생 뮈라를 지원자로 불렀다면 난 오늘 대승을 확신했을 것이다. 그런데 그 둘이 아니라 이신을 부를 줄은 몰랐어."

"……."

알렉산드로스는 의외로 그 말에는 아무 대꾸도 하지 않았다.

나름대로 느낀 게 있었기 때문이다.

"이신은 천하의 나폴레옹과 같은 편이 되어도 주도적인 역할을 했을 정도지. 항우나 조아생 뮈라와 달리 역할이 주어진다면 자기가 중심이 될 수 있는 인물이야."

테무친은 빙긋이 웃으며 말을 이었다.

"그래도 자기가 주역이 되려 하는 오만한 성질머리에 기대를 걸었는데, 결국 자기가 어떤 역할을 해야 하는지 깨달았군?"

"그래, 깨달았지. 역시 단체전은 내 취향이 아니라는 것을 말이야."

"동감하네. 이거야 원 피해가 막심하군. 다음에는 그냥 지원자 없이 일대일로 겨루기로 하세."

"그게 낫겠군. 이겼는데 재미는 이 녀석이 다 봤으니까."

알렉산드로스는 못마땅하다는 듯이 이신을 턱짓으로 가리켰다.

5차전까지 치르면서 서열전 단체전의 리스크를 깨달은 양측이었다.

보상은 지원자와 나누고 리스크는 2배로 짊어져야 하는 폐해는 최상위 서열에서도 확실히 부담되는 것이었다.

그런 불만에 대하여 이신은 할 말이 없었다.

이신은 오늘 지원자로 나서서 막대한 마력을 그레모리에게 가져다준 것이다.

[마력 총량 2,234,710으로 악마군주 그레모리님께서 서열 11위가 되셨습니다.]

2차전을 이겼을 때 13위로 올랐었는데, 4차전·5차전을 다 이기자 두 계단을 더 건너뛰어 버렸다.

최상위 서열이라고 말할 수 있는 10위가 눈앞!

아무래도 발터 모델이 있는 12위와 11위의 마력량에 큰 차이가 없어서 이 둘을 다 제치고 올라가게 된 모양이었다.

'발터 모델을 상대로 실험하고 싶었던 전략이 있었는데, 아쉽군.'

물론 서열을 이만큼이나 올렸으니, 좋으면 좋지, 나쁠 건 하나도 없었다.

"어쨌거나 인상적이었네. 빠른 시일 내에 다시 만날 수 있겠군."

테무친의 칭찬에 이신은 고개 숙여 감사를 표했다.

"예, 조만간 다시 뵐 수 있도록 하겠습니다."

테무친이 있는 서열까지 금방 치고 올라가겠다는 이신의 기개였다.

알렉산드로스, 바야투르와도 작별을 나눈 이신은 그레모리의 영지로 돌아왔다.

그레모리가 이신의 귀환을 기뻐하며 반겨주었다.

가서 서열을 세 계단이나 올릴 정도로 대성과를 거뒀으니 어찌 좋아하지 않겠는가?

"이제 당분간은 현실 세계에 있겠습니다."

"네, 그렇게 하세요. 카이저의 이번 활약이 마계에서 다시 큰 화제가 됐어요. 카이저가 단체전을 택한다면 이기기 힘들다는 게 알려졌으니, 당분간은 도전자가 없을 거예요."

축제 때도 최종 승자가 되면서 실력을 입증했지만, 특히 이번에는 알렉산드로스나 테무친 등 최강자들이 어울린 단체전에서도 활약을 떨쳤다.

그런 이신에게 도전할 마음이 있을 턱이 없었다.

일대일로 하고 싶어도 이신이 지원자를 부르면 꼼짝없이 단체전이다.

단체전은 배팅이 2배가 되므로 더욱 이신은 상대하기 두려운 계약자로 자리매김했다.

'이제 돌아가 연습을 해야겠다.'

이신의 머릿속은 다시 인공지능과의 대결로 가득 채워졌다.

*　　*　　*

다큐멘터리가 공개된 직후.

첫 번째 초대장이 전미 최강의 프로게임단, 팀 크라이시스에 도착했다.

“마이클!”

마이클 조셉은 연습을 마친 뒤에 바로 다음 게임을 가려다가 감독의 부름을 받았다.

“왜요? 연습 끝나고 얘기하면 안 되나요?”

“그만하면 충분해. 중요한 일이니까 잠깐 시간 좀 내줘.”

“알았어요.”

한창 플레이가 잘되고 있어서 계속 연습을 하고 싶었던 마이클 조셉이었지만, 마르케스 감독이 정중하게 요청하자 무시할 수가 없었다.

전미 최고의 프로게이머로 명성과 특급 대우를 한 몸에 받는 마이클 조셉이었지만, 자신을 발굴하고 키워준 마르케스 감독은 제2의 부모나 다름없었다.

“무슨 일인데요?”

감독실.

마이클 조셉의 물음에 마르케스 감독은 프린트한 공문을 내밀었다.

"SC코퍼레이션에서 온 오더다."

"SC에서?"

순간 마이클 조셉은 얼마 전에 공개되어서 엄청난 화제를 일으킨 다큐멘터리가 떠올랐다.

그것과 관련 있는 게 틀림없었다.

공문에 적힌 내용을 요약하자면 다음과 같았다.

[당신을 SC Remaster의 테스터로 모십니다.

테스터가 되신다면 SC Remaster 클라이언트가 당신과 당신이 지정한 연습 상대 1인에게 주어지며, SC Remaster를 공개하는 이벤트에서는 저희 SC코퍼레이션이 개발한 인공지능과 대결을 치르게 됩니다.]

"리마스터 버전의 테스터라고요?"

"그래. 리마스터 버전을 먼저 체험할 수 있는 기회다."

2D를 유지한 채 화질을 대폭 개선하겠다고 발표하여서 큰 기대를 모으고 있는 SC 리마스터 버전!

게다가 인터페이스나 유닛들의 인공지능도 크게 개선되었다.

갑작스러운 변화에 선수들이 받을 혼란을 줄이고자 지속적으로 패치 버전을 내서 조금씩 개선시켰는데, 이번에 발표될 정식 리마스터는 더 많은 변화가 있을 터였다.

"SC2가 아닌 리마스터에 개발비를 투자한 것을 보면 큰 변화를 주지 않는 방향으로 코렛 사장이 가닥을 잡은 게 분명해. 따라서 몇몇 문제점이 개선된 것 외에는 큰 변화는 없겠지."

마이클 조셉은 그 말에 고개를 끄덕이며 공감했다.

선수들의 입장에서는 리마스터를 개발한다는 SC코퍼레이션의 결정에 다소 안심한 차였다. 갑자기 전혀 다른 게임이 되어 버리면 지금까지 쌓아왔던 것이 전부 물거품이 되어버릴 수 있었기 때문이다.

"하지만 일단 해상도만 바뀌었어도 그걸 플레이하는 선수 입장에서는 느낌이 달라서 이질감을 느낄 수도 있어. 테스터가 되어서 미리 체험하는 것도 나쁘지 않아. 무엇보다도……."

"해야죠."

중간에 말을 자르고 마이클 조셉이 말했다.

"전설로 회자되는 전성기 시절의 카이저와 겨룰 수 있는 기회잖아요. 그것도 이렇게 큰 무대에서요."

온라인을 떠돌아다니던 Kaiser2017과 대전을 하는 것과 전혀 느낌이 달랐다.

상대가 누구인지 알고, 전 세계 팬이 지켜보는 앞에서 제대로 맞붙는다!

다시는 겨뤄볼 기회가 없을 거라고 생각했던 전성기 시절의 카이저와 말이다.

"당연히 해야지. 이렇게 큰 무대는 다시는 없을 거야. 네가 주인공이 아닌 게 아쉽긴 하지만."

"아, 그러고 보니 그 이벤트는 어떤 식으로 진행된대요?"

"SC코퍼레이션에 직접 연락해서 들었다. 일단은 세 종족에서 대표 선수를 한 명씩 뽑는다고 하더군."

"대표 선수? 그럼 인류는 제가 아니라 카이저가 뽑혔어야 하는 게 아닌가요?"

부상을 딛고 복귀하여 다시 정상에 오른 현재의 카이저.

그리고 과거의 초인적인 피지컬과 칼날 같은 위험한 공격성을 그대로 구현한 인공지능 카이저.

아무리 전미에서 추앙받는 마이클 조셉이라고는 하지만, 이 둘의 대결이야말로 진짜 메인 매치가 되어야 옳았다.

마르케스 감독이 고개를 끄덕이며 말했다.

"물론이지. 카이저는 별개로 메인 매치로 3판 2선승제로 붙는다더군."

"그럼 각 종족 대표 선수가 인공지능과 한 번씩 붙고, 메인 이벤트로 두 명의 카이저가 붙는 거군요?"

"그래."

"그럼 괴물과 신족은 누구죠? 아, 괴물은 러너인가?"

러너 박영호.

현재 카이저와 대등하게 겨룰 수 있는 유일한 괴물 플레이어로 손꼽히는 유일한 선수였다.

괴물 대표라면 박영호가 제격이었다.

"글쎄, 실력만 놓고 본다면 러너가 제격이지만 이번 이벤트의 본질을 생각한다면 적합하다고 보기 어렵지."

"왜요?"

"선수들이나 전문가들이나 인정하지, 인지도 측면에서는 러너는 아직 부족해. 빅 리그에서 활약한 경험이 많지 않아서 전 세계 팬들에게 어필하기에는 팬덤이 두텁지 않아."

"음……."

마이클 조셉은 약간 안타까움을 느꼈다.

작년 그랑프리 개인전 결승에서 보여준 카이저와의 혈전은 희대의 명경기였다.

인간이 SC라는 게임을 어디까지 플레이할 수 있는지 똑똑히 보여주었다고 해도 과언이 아니었다.

그날의 명경기로 러너의 실력은 확실하게 입증됐다.

다만 인지도, 한마디로 인기가 문제였다.

골수팬들이야 러너를 알지만, 일반 대중에게 어필할 수 있을 정도의 스타는 아닌 것.

이번 이벤트는 어디까지나 SC 리마스터 버전을 발표하는 거대한 홍보의 장이었다.

마케팅과 흥행이라는 요소로 보면 러너보다는 빅 리그에서 활약하고 있는 다른 선수를 뽑는 게 나았다.

"나라면 신흥 시장인 인도를 노리겠지."

마르케스 감독이 지나가는 말로 중얼거렸다.

아무튼 마이클 조셉은 SC코퍼레이션의 제안을 받아들였다.

* * *

팀 크라이시스와 함께 전미 프로리그를 양분하고 있는 또 하나의 명문팀, 폭스 게이밍의 연습실은 분주했다.

한 선수의 자리를 중심으로 다른 선수들과 코칭스태프들이 옹기종기 모여 있었다.

"와, 화질 봐."

"진짜 말끔해졌다!"

"눈이 멀었다가 다시 뜬 기분이야."

"부럽다. 나도 설치하고 싶어."

"코드를 입력하지 않으면 설치가 안 된다잖냐."

폭스 게이밍의 에이스, 전미 프로리그에서 가장 강한 괴물 플레이어로 손꼽히는 아마드 부티아는 SC 리마스터 버전을 설치하고 이제 막 실행하던 참이었다.

그랬다.

괴물 대표로 SC 리마스터의 테스터로 선정된 사람은 바로 아마드 부티아였다.

미국에 진출하여서 대성공을 거둔 아마드 부티아는 모국인 인도에서 절대적인 지지를 받고 있었다. 인도가 신흥 e스포츠 시장으로 부상하기 시작한 것이 아마드 부티아 때문이라 해도 과언이 아니었다.

그런 강력한 팬층이 뒷받침하고 있기 때문에 SC코퍼레이션의 선택을 받을 수 있었던 것이다.

일단 오프닝부터 게임의 메인 화면까지는 완벽했다.

한층 강화된 해상도와 디자인이 구경하던 모두를 감탄시켰다.

"정말 새로운 게임 같군."

"이 정도면 정말 완전히 갈아엎은 거야."

"2D로 그래픽을 이렇게까지 만들다니, 개발하는 데 완전 고생했겠다."

"아마드! 빨리 게임 해봐, 게임."

모두의 기대를 받으며 아마드 부티아는 일단 게임을 실행하기로 했다.

일단 혹시나 싶어서 온라인 모드로 접속해 보았다.

아이디를 새로 생성해야 해서 만들고 온라인에 접속.

온라인에는 딱 1명만 있었다.

[TC]MJ라는 유저였다.

"어?"

"누가 있네?"

"MJ? 저거 팀 크라이시스의 마이클 조셉 아냐?"

"그러네. 한번 말 걸어봐."

아마드 부티아는 [TC]MJ에게 말을 건넸다.

—[Fox]AB: 마이클?

—[TC]MJ: 오, 괴물 대표가 너였어?

—[Fox]AB: 응, 네가 인류 대표였구나.

—[TC]MJ: 그렇게 됐어. 그랑프리에서는 죽 쑤긴 했지만. :D

—[Fox]AB: 단체전 부문은 우승에 MVP까지 휩쓸었으면서 뭘 그래? 난 개인전에서 동메달 건진 게 다야.

—[TC]MJ: 그 메달 나 줘.

—[Fox]AB: 단체전 MVP 상금과 교환이라면 응해주지.

—[TC]MJ: lol

—[Fox]AB: 아무튼 한판 할까? 나 이제 막 설치했어.

—[TC]MJ: 컴퓨터랑 해봤어?

—[Fox]AB: 아니, 온라인에 먼저 접속한 거야.

—[TC]MJ: 그럼 일단 컴퓨터랑 해봐.

—[Fox]AB: 뭐 하러?

—[TC]MJ: 오, 장난 아니야.

—[Fox]AB: 무슨 뜻이야?

—[TC]MJ: 코렛 사장이 인공지능을 취미 삼아 개발한 게 아니라는 뜻이지.

—[Fox]AB: 알았어. 그럼 일단 싱글 모드로 한판 해야겠군.

—[TC]MJ: 그래, 나도 연습 상대가 있어서. 나중에 기회 되면 한판 붙자.

—[Fox]AB: 오케이.

온라인에 [TC]로 시작하는 아이디가 하나 더 나타났는데, 아마도 마이클 조셉의 연습 상대인 듯했다.

SC 리마스터의 설치 코드를 2개 줬는데, 하나는 초대받은 선수의 것이고 다른 하나는 이벤트 전까지 연습 상대가 되어 줄 사람에게 주는 것이었다.

아마 마이클 조셉은 인공지능 카이저와의 대결을 염두에 두고, 같은 팀의 인류 선수를 연습 상대로 임명한 듯했다.

아마드 부티아는 아직 연습 상대를 결정하지 않았기 때문에 설치 코드 하나가 남아 있었다.

일단은 싱글 모드로 게임을 실행해 보았다.

컴퓨터의 종족을 인류로 선택했는데, 난이도 설정도 할 수가 있었다.

"난이도? 이런 것도 있나?"

"오, 최상까지 있는데?"

"설마 인공지능 카이저급으로 플레이를 하는 건 아니겠지?"

"미쳤냐? 인공지능 돌리려면 슈퍼컴퓨터 필요하거든?"

난이도를 최상으로 놓고 플레이를 시작.

그런데 정찰을 해오는 컴퓨터의 움직임이 예사롭지 않았다.

거기다가 아마드 부티아가 정찰 보낸 일벌레는 사전에 차단.

보병을 보내서 하늘군주도 자기 진영으로 날아오지 못하게 막았다.

정찰과 보안이라는 정보전의 개념이 들어 있는 것이었다.

덕분에 컴퓨터의 앞마당도 구경 못 한 아마드 부티아는 뒤늦게야 바퀴를 뽑아서 하늘군주와 함께 정찰에 나섰다.

일단 하늘군주의 이동 동선을 지키고 있는 보병부터 바퀴들로 처치하고자 했다.

그런데…….

“오?”

“바로 빠지는데?”

“사람 아냐? 저거 진짜 컴퓨터라고?”

무엇보다도 아마드 부티아는 컴퓨터의 반응 속도에 놀랐다.

리마스터 이전의 컴퓨터였다면 그냥 싸우다 죽었을 터였다.

컴퓨터는 앞마당 확장을 하지 않았고, 본진 내부 상태는 끝까지 보여주지 않았다.

그리고 잠시 후,

“오오!”

“와, 설마?”

컴퓨터는 2항공 스텔스 전투기 전략을 펼쳤다.

스텔스 전투기가 날아와 일벌레를 1마리씩 사냥하기 시작하자, 아마드 부티아는 황당함을 느꼈다.

‘컴퓨터 주제에?’

아마드 부티아는 쐐기충을 뽑아서 컨트롤로 대결을 해볼까

하다가 참았다.

그러다가 혹시라도 지면 무슨 망신인가?

독침충을 뽑아서 대공 방어를 해두었는데, 스텔스 전투기가 예사롭지 않은 컨트롤 센스를 보이기 시작했다.

쏘고 빠지는 컨트롤!

스텔스 모드를 써서 침투한 뒤, 폭탄충이 날아들면 달아나면서 터닝 샷으로 다 격추해 버렸다.

하지만 다행히 아마드 부티아는 스텔스 전투기들이 달아나는 퇴로에 미리 독침충을 매복시켰다가 일거에 덮치는 플레이로 다수 격추시켰다.

견제 수단이 없어진 컴퓨터는 아마드 부티아가 일거에 쏟아내는 물량을 감당하지 못하고 항복 선언을 했다.

그럼에도 저항할 때 보여주었던 보병들의 컨트롤부터 가망없다고 판단하고 항복하는 형세 판단까지, 보통의 컴퓨터가 아니었다.

"상대와 자원 경쟁을 하는 개념도 있고, 빌드 오더도 정확히 알고 있고, 반응 속도도 오히려 사람보다 좋군."

"인류뿐만 아니라 다른 종족들도 이런 식으로 개선되었다는 건……."

"인공지능 카이저를 개발한 노하우는 이런 식으로 써먹는군."

이 정도 수준이라면 웬만한 유저들도 컴퓨터에게 애먹을

정도였다.

비단 SC로 끝나는 게 아니라, 다른 어떤 전략 시뮬레이션 게임을 개발하든 적용할 수 있다면 인공지능을 개발한 값을 두고두고 하는 것이었다.

'이거 기대되는데?'

아마드 부티아는 점점 리마스터 버전이 마음에 들기 시작했다.

*　　　*　　　*

중국 북경, SC스타즈의 연습실.

프리 시즌이라 한창 휴식을 취하고 있던 지우펑은 별안간 연습실에 나와서 치열한 훈련에 돌입했다.

'빨리 폼을 끌어 올려야 해. 이벤트에서 망신당하지 않으려면!'

SC 리마스터 테스터, 그 신족 대표 선수로 낙점된 것은 지우펑이었다.

마이클 조셉, 아마드 부티아, 지우펑.

각각 미국, 인도, 중국이라는 큰 시장을 타깃으로 하는 세 스타가 지상최대의 이벤트를 준비 중이었다.

*　　　*　　　*

[스페이스 크래프트 리마스터 출시 임박]

[출시 이벤트로 화제의 '인공지능 이신' 선보인다]

[이신, 과거의 자신과 대결]

[인공지능과 대결할 선수들은? 이신 외 3인 선정]

[이신, 캐나다서 인공지능과 대결 준비 중]

e스포츠 부문에 뉴스가 쏟아지기 시작했다.

많은 부분이 개량된 리마스터 버전의 발표와 함께 인공지능도 선보이는 희대의 이벤트라 전 세계 팬의 이목이 집중되어 있었다.

인공지능 기술은 대중의 관심이 상당히 높은 분야였기 때문에, e스포츠에 대해 몰랐던 사람들까지 관심을 갖게 되었다.

특히나 한국에서는 이신이 전 국민이 아는 슈퍼 스타였던지라, 과거의 이신을 똑같이 구현한 인공지능이라는 화제에 대한 관심이 폭발적이었다.

이번 이벤트를 계기로 e스포츠 시장이 폭발적으로 성장할 것이라는 전망까지 나오고 있는 상황.

한편으로는 그런 인공지능이 실제 군사적으로도 이용되는 게 아니냐는 괴담까지 나왔다.

"그럼 선생님의 인공지능에 딥 러닝이 탑재되면 인간이 절대 못 이기게 되겠네?"

빵과 샐러드로 식사를 하던 중, 존이 문득 문제를 제기했다.

"딥 러닝이 뭐야?"

주디가 눈을 동그랗게 뜨고 물었다.

존이 핀잔하듯이 설명했다.

"컴퓨터가 데이터를 습득해서 사람처럼 학습하는 인공신경망이야. 머신 러닝이라고도 하고."

어릴 적부터 병약하여 집에 있는 일이 많았던 존은 컴퓨터와 함께 살았던 탓에 인터넷이나 책을 통해 얻은 여러 지식이 상당했다.

물론, 사정이 비슷했지만 게임에만 관심이 쏠려 있었던 장양은 무슨 소리를 하는지 전혀 모르겠다는 표정이었다.

"이번 인공지능은 단순히 선생님의 플레이를 똑같이 재현하는 게 목표였잖아. 데이터를 분류하거나 군집해서 스스로 진화하는 인공지능 기술은 게임 개발사가 건드리기에는 너무 큰 프로젝트가 아닐까?"

차이가 빵에 원하는 샐러드를 끼워서 한 입 먹으며 말했다.

"그렇게 따지면 지금 개발한 이 인공지능도 이미 보통의 게임 개발사가 할 만한 것은 아니었잖아."

"호오, 코렛 사장이 뭔가 꾸미는 원대한 흉계가 있다는 건가?"

"그랬으면 좋겠어. 재미있잖아."

그렇게 대답하며 존은 히죽 웃었다.

"내 생각에는 선생님을 통해 게임에 대한 이해도를 높이는 게 목적이 아닐까 싶지만. 이번 인공지능도 결국 이런 상황에서 왜 이런 판단을 내렸느냐는 사고의 과정을 논리적으로 해석하는 기술이 탑재됐을 거 아냐? 실시간 전략 게임의 플레이 방식에 대한 이해는 이미 다른 게임사를 아득히 뛰어넘었을 걸."

"그러고 보니 리마스터 버전에 기본 탑재된 컴퓨터들의 인공지능도 장난 아니었지?"

"아! 너 해봤어?"

차이가 따지듯이 물었다.

존은 실실 웃었다.

"선생님이 PC를 켜놓고 주무셨더라고. 대신 종료시킨다는 게 그만."

"잠깐 앉아서 게임을 즐겨보셨단 말이로군. 어땠는데?"

이신도 어제 막 리마스터 버전의 설치 코드를 받은 뒤였다. 두 개를 받아서 하나는 설치했는데, 다른 하나도 다른 PC에 설치하여서 연습을 도와주는 차이와 존에게 번갈아가며 쓰도록 할 생각이었다.

오늘 리마스터 버전으로 연습을 시작하기로 했는데, 존이 간밤에 이신의 PC로 살짝 해본 모양이었다.

"괴물을 골라서 컴퓨터랑 일대일 해봤는데 첫판은 졌어."

"뭐?"

"정말이니?"

차이와 주디가 놀라서 되물었다.

"컴퓨터 주제에 치즈러시를 해버리더라. 미친 거 아니냐?"

존의 투정에 차이가 웃음을 터뜨렸다.

"장난 아닌데. 나도 망신을 당하지 않으려면 조심해야겠어."

"잠깐, 망신이라니? 그 상황에서는 장양이 해도 못 이길걸?"

장양의 눈썹이 꿈틀했다.

결국 3개국의 소년들이 서로 리마스터 버전으로 컴퓨터와 대전해 보겠다며 왁자지껄한 분위기가 되었다.

묵묵히 식사를 마친 이신이 입을 열었다.

"연습해야 하니까 나중에 해. 컴퓨터는 상황 판단 속도가 느려서 어렵지 않아."

"이미 해보셨구나."

차이가 아쉽다는 듯이 입맛을 다셨다.

"아참!"

그때, 존이 뭔가 떠올랐다는 듯이 소리쳤다.

"선생님, 온라인에 접속해 봤는데 거기서 마이클 조셉 만났어요."

"마이클 조셉?"

"예. 서로가 인공지능을 대비한 연습 상대로 제격이 아니냐고 제안했는데, 전해주겠다고 대답했었어요. 깜빡했네."

"마이클 조셉이라……."

이신은 솔깃했다.

그러고 보면, 마이클 조셉은 이신을 모티브로 한 플레이 스타일을 가진 선수였다.

피지컬 측면에서도 한창 전성기.

연습 상대로 이보다 더 제격일 수는 없었다.

'시험하기 좋겠군.'

식사를 마치고 바로 연습에 들어가지는 않았다.

예전보다 다소 여유가 있는 이신은 잠시 바깥을 산책하기로 했다. 주디가 따라나섰고, 다른 제자들은 리마스터 버전으로 컴퓨터와 대전해 보겠다고 쏜살같이 달려갔다.

바다가 보이는 공원을 둘이서 조용히 걷다가, 문득 주디가 물었다.

"특별해지는 기분은 어때요?"

"뭐?"

이신은 질문의 뜻을 몰라 되물었다.

"세상에서 가장 특별한 사람이 된 기분이요."

"……?"

"인공지능으로 선생님의 과거 모습을 재현하기까지 하고, 다들 선생님의 행보를 지켜보잖아요. 그게 신기해서 물어보는 거예요."

그러면서 싱긋이 웃는 주디였다.
이신은 어깨를 으쓱했다.
"몰라."
"에이, 그게 뭐예요. 기분 좋아서 날아갈 것 같거나 그런 건 없어요?"
"없어."
"아쉽다. 그렇게 많은 것을 이루셨는데, 그걸 기뻐하지 못하면 너무 아깝잖아요."
"너무 당연해서 잘 모르겠어."
그 말에 주디는 움찔했다. 내가 잘난 게 너무 당연하다는 이신 특유의 신념이 발동된 것 같았기 때문이다.
하지만 의외로 무거운 이신의 말이 이어졌다.
"공기 같은 거야. 다 사라져 버리기 전에는 모르겠지."
"……."
"결국 끝은 오겠지."
이신은 독백처럼 중얼거리면서, 최근 들어 자주 떠오르는 어떤 목소리를 기억했다.

[영원히 꺼지지 않는 열정……]

대체 뭘까.
어디서 이 목소리를 들었던 것일까?

[더 이상 오를 곳이 없었을 때…….]

모든 말이 다 기억나는 건 아니었다.

단편적인 조각, 조각들.

하지만 그 말이 의미하는 바는 기이하게도 어느 정도 짐작이 갔다.

[그때도 과연 너는…….]

저 '그때'가 무엇을 의미하는 바인지 어렴풋이 알 것 같았다.

[넌 다시 이 질문 앞에 서리라.]

결국 끝이 와버렸을 때, 어떤 선택지가 주어질 것인가. 그리고 어떤 선택을 하게 될까?

"아쉬우신 거죠?"

주디가 말했다.

"그래도 너무 아쉬워하지 말아요. 다 끝난 다음에 또 어떤 시작이 있는 줄 알고요? 그 뒤엔 재미없을 거라고 벌써 속단하지 말아요. 아직 인생을 절반도 못 사셨잖아요."

"……"

"선수로서 나이가 많다고 정말 다 늙은 것처럼 굴지 마시라고요."

그러면서 장난스럽게 웃는 그녀의 얼굴을, 이신은 멍하니 쳐다보았다.

"그래. 또 다른 시작도 있겠지."

은퇴를 하면 아버지와 약속한 대로 살아도 되고, 그러면서 다른 진로를 알아보아도 된다.

지금 이 선수 생활처럼 자신을 불태울 수 있는 일을 또 찾을 수 있을지, 그건 솔직히 자신이 없었다.

하지만 그렇다고 끝이 오는 걸 두려워해야 한다는 뜻은 아니었다.

끝이 난 뒤에 무엇이 있는지 아직 가보지 않았으니 속단할 수는 없는 것이다.

"그래, 네 말이 맞다."

"제 말은 언제나 옳아요."

우쭐거리듯이 말하는 그녀의 모습이 귀여워서, 이신은 늘 그랬듯이 머리를 쓰다듬었다.

"가자. 마침표 찍으러."

*　　　*　　　*

마이클 조셉과 온라인에서 만나 대전을 하기 시작했다.
이신은 항공수송선을 대거 활용한 드롭을 통해 전선을 재구성하는 플레이를 선보였다.
거기까지는 많은 시행착오가 있었다.
"위험한 플레이 아닌가요?"
존이 물었다.
차이도 거들었다.
"요즘은 추세가 바뀌어서 인류 대 인류 전에서 항공수송선은 잘 안 쓰는데. 같은 자원으로 차라리 스텔스 전투기를 쓰는 쪽이 더 효율이 좋다고 밝혀졌잖아요."
"아, 근데 인공지능은 과거 시절의 버전이니까 항공수송선을 쓸지도 모르겠네. 그럼 항공수송선을 활용하게 유도한 다음에 전투기로 카운터 치는 것도 괜찮겠는데?"
이신은 고개를 저었다.
예전에도 항공수송선을 대량으로 뽑은 일은 드물었다.
어디까지나 한두 척만 운용하여서 견제 플레이에 썼을 뿐.
항공수송선을 대량으로 뽑아서 대규모 드롭을 펼치는 건, 어디까지나 답이 보이지 않는 불리한 상황을 타개시킬 때뿐이었다.
그런 개념에 대해서는, 이미 그 시절에 현재의 이론을 수립하고 있었다.
시대를 한참 앞서 있었던 것.

다만 그 시절에는 그 시절 선수들과 맵에 맞춰서 전략을 택했다.

전략과 빌드 오더를 선택하는 과정도 인공지능에 탑재되어 있을 것이다. 이신이 같이 협조하여서 그 점에 대하여 상세한 설명을 했던 바가 있으니까.

시대에 뒤처진 전략을 쓰는 인공지능이라고 속단할 수는 없는 것이다.

"자원 효율은 전략의 효율로 극복하면 돼."

이신은 실험을 계속했다.

계획대로 드롭 전략을 쓰려면, 일단 게임이 초중반에 터지지 않고 후반까지 가야 한다는 전제 조건이 필요했다.

과거의 이신을 재현한 인공지능이 초반부터 구사하는 무시무시한 견제 플레이에 무너지지 않고 게임을 계속 끌고 가야 한다는 것.

'내가 초반부터 공격적이었던 이유는 간단하다.'

심플하니까.

초반에 피해를 입히면 그게 나비 효과처럼 작용하여서 갈수록 격차가 벌어지게 되니까.

가볍게 비틀어 꺾을 수 있을 때 적극적으로 끝낼 심산이었던 것이다.

견제로 피해를 입으면 끝이라는 뜻이었다.

적이 상처 입은 걸 본 순간부터, 인공지능은 더 무섭게 돌변한다.

계속 물어뜯어서 상처를 더 벌려놓을 때도 있지만, 갑자기 자원을 확보하는 운영으로 격차를 더 벌려놓는 데도 능했다.

그렇게 되면 승산이 전혀 없어진다.

'단 한 방!'

이신은 치열하게 게임을 하며 연구했다.

'단 한 방에 승기를 가져올 수 있는 포인트를 찾아야 한다.'

프린트로 뽑은 맵에 볼펜으로 동그라미 표시와 메모가 마구 휘갈겨져 있었다.

이토록 치열하게 연습했던 적은 막 데뷔했던 초창기 시절밖에 없었다.

시간대까지 소상하게 적힌 맵을 보며 제자들도 혀를 내두를 정도였다. 무슨 논문이라도 쓰듯이 연구하며 훈련하는 선수는 지금껏 본 적이 없었던 것이다.

이신은 그게 좋았다.

이렇게 치열할 수 있어서.

마침내 준비한 모든 것을 쏟아붓는 승부의 순간이 오면, 아쉬울 것 같았다.

100을 준비하면 10밖에 보여주지 못할 것이다. 아직 보여주지 못한 게 더 있는데 승부는 결국 끝나 버리게 마련이니까.

'그래서 내가 미치는 거다.'

늘!

이 갈증을 100% 다 채워주지는 않으니까.

항상 약간의 여지를 남겨놓아서 돌아버리게 만든다.

디데이가 다가올수록 이신은 광기에 빠진 예술가처럼 몰두했다.

준비는 서서히 마무리되어 가고 있었다.

제7장

디데이

“젠장, 젠장, 젠장!”

PC 앞에 앉아 연신 구시렁거리는 키 작은 청년.

구시렁거리고 있으니 좁은 어깨가 더욱 작아 보였다.

“왜 날 빼? 지들이 그렇게 게임을 잘해? 나보다 잘해?”

청년은 앙증맞은 마우스를 폭풍 클릭하며 게임에 몰두 중이었다.

애니메이션 영화 얼음 왕국 캐릭터가 그려진 마우스는 그야말로 불꽃이 튈 것 같았다.

어린 아이들이나 쓸 법한 마우스는 얼마 버티지 못하고 망가질 것만 같았지만, 놀랍게도 이 마우스는 벌써 반 년째 잘 버티는 중이었다.

“내가 2년 연속 은메달리스트인데, 날 놔두고 동메달 딴 놈을 뽑아? 지금 사람 차별함?”

쉬지 않고 구시렁구시렁.

그런데도 모니터 속의 괴물 유닛들은 쉬지 않고 일사불란하게 움직이고 있었다.

—촤아악!

—으아악!

—아악!

인류의 보병·의무병이 밖으로 나오자마자 기다리고 있었던 촉수충들이 촉수로 긁어버렸다.

한 번 긁혀서 손실을 본 인류는 재빨리 병력을 부채꼴처럼 펼치며 레이더를 찍어서 촉수충들의 위치를 파악했다.

하지만 보병들이 에워싸기 전에, 땅속에서 벌떡 튀어나온 촉수충들이 후다닥 도망갔다.

그리고 레이더의 시야가 미치지 않는 곳까지 물러나서 다시 땅속에 파고들어갔다.

“와, 깔끔하다.”

“딱 한 번만 긁고 바로 뒤로 빼버리네. 죽인다.”

“나였으면 한 번 더 긁으려고 욕심냈다가 바로 싸 먹혔다.”

“응, 그게 네 클래스.”

촉수충으로 계속 인류의 병력이 나오지 못하게 꽁꽁 묶어

놓으면서 레이더를 소모하게 만드는 플레이.

그러는 사이에 2번째 확장 기지를 안전하게 펼치고, 본진까지 3광산을 확보했다.

"아마드 부티아 걔 나한테 3 대 0으로 발렸잖아? 왜 내가 아니라 걔가 괴물 종족 대표인 거야? 내가 갔어야 해. LA행 티켓은 내가 받았어야 했다고."

정말 쉴 새 없이 투덜거렸다.

그럼에도 하나의 사소한 결점도 없이 완벽한 플레이.

인류는 불리한 상황을 타개하기 위하여, 항공수송선을 쓴 드롭 작전으로 흔들어보려 했다.

하지만 병력을 태운 항공수송선은 목적지에 절반도 오지 못했다.

"에휴, 얘는 보나마나 항공수송선이겠네. 차라리 전술위성을 더 뽑지 그랬니."

이윽고,

―퍼엉!

항공수송선은 어서 오란 듯이 마중 나와 있던 폭탄충 2마리의 자폭을 받아 격추되었다.

"소름 끼친다."

"그냥 다 훤히 꿰고 있네."

등 뒤에서 구경하는 선수들은 그저 감탄밖에 나오지 않았다.

인류는 다시 한 번 항공수송선을 뽑았다.

한 번 실패한 드롭을 또 시도할 줄은 예상 못했겠지, 하는 역발상.

그러나 그때, 폭탄충 2마리가 인류의 진영으로 날아왔다.

본진을 이리저리 둘러보며 정찰을 한 폭탄충 2마리는 쫓아오는 보병들을 피해 요리조리 곡예비행을 하다가, 막 생산된 항공수송선과 자폭했다.

—퍼어엉!

이번에는 아예 나오자마자 격추당해 버린 항공수송선.

상대 인류의 멘탈이 박살 나는 순간이었다.

—Runner: 나가^^

상대 멘탈에 쐐기를 꽂는 싸가지!

—[JKT]han: ㅠㅠ

—[JKT]han: GG

그리하여서 JKT의 연습생들은 벌써 10명이나 계란으로 바위 치듯 박영호에게 박살이 나버렸다.

한바탕의 학살극을 끝낸 박영호는 세상 다 산 것처럼 허망한 표정을 한 채, 연습실 한가운데에 쌓여 있는 과자를 하나

집어서 우걱우걱 먹기 시작했다.

그런 박영호에게 JKT 선수들 중 가장 선배인 오성준이 다가왔다.

"넌 휴가받은 놈이 왜 여기서 죽치고 있냐?"

"계속 놀면 손 썩잖아."

한국에서 휴가를 보내던 박영호는 친정팀인 JKT의 연습실에 불쑥 찾아와 이렇게 연습 게임을 하고 있었다.

대형마트를 하나 털기라도 했는지, 바리바리 싸들고 온 과자를 연습실 한가운데에 산더미처럼 쌓아놓고는 말이다.

선수들이 하나씩 집어먹은 터라 과자의 산은 상당히 줄어든 상태였다.

"친구 없냐?"

"있어! 다 만나고 온 거거든?"

"쯧쯧, 할 일 없으면 연애나 좀 해라."

"댁이나 잘해!"

박영호는 버럭 성질을 냈고, 오성준은 낄낄거렸다.

"짜식, SC 본사에 초대 못 받았다고 삐쳤나 보네."

"댁 때문에 삐쳤거든?"

"기운 내라 짜식! 네가 이해해야지. 너처럼 인기 없는 애보다는 아마드 부티아가 그럴듯하잖아."

"크아악! 싸우자!"

박영호는 오성준과 엎치락뒤치락했다. 하지만 이내 훨씬 체격이 큰 오성준에게 제압당해 버렸고, JKT 연습실은 웃음바다가 되었다.

그런데 그때, 박영호의 핸드폰 벨소리가 났다.

확인해 보니 얼마 전에 만나서 번호를 교환했던 최환열이었다.

"여보세요?"

—너 요즘 JKT 숙소에 죽치고 있다면서?

"네. 근데 무슨 일이세요?"

—내가 제안을 하나 받았는데, 이신 나가는 리마스터 발표회 있잖아?

"네, 저는 초청 못 받은 그 이벤트요."

박영호의 시큰둥한 대꾸에 최환열은 잠시 웃었다.

—그래, 그거. 날더러 그 이벤트 매치 해설에 참여해 달라고 요청 왔다.

"네, 축하합니다. 전 못 받았어요. 그럼 이만 끊어요."

—인마! 끊지 말고 끝까지 들어. 뭘 그렇게 심통이 나 있어?

"몰라요! 저 완전 왕따예요! 신이 형은 저 놔두고 캐나다로 가버리고, 학교 친구들도 죄다 군대 갔고, 친정팀에 오랜만에 왔더니 애들은 지질히 게임 못해, 선배란 양반은 날 못 놀려서 안달이고!"

옆에 있던 오성준을 혀를 찼고, 연습생들은 울상이 됐다.

우울하면 한없이 땡깡을 피우는 박영호의 성격에 익숙한 1군

선수들만이 낄낄거릴 뿐이었다.

—와, 너 정말 진상이구나.

"아 쫌! 하고 싶은 얘기가 뭔데요?"

—쯧쯧, 뭐긴 뭐야? 너도 같이 해설하자는 거지. 나한테 해설 참여 제안했기에 내가 너도 추천했다. 너 입 하나는 잘 털잖아.

"…진짜요?"

—그래, 곧 너한테도 연락 갈 거야.

"출연료는 얼마나 준대요?"

—돈도 많이 버는 놈이 뭘 그런 걸 물어? 올도어가 하는 건데 잘 챙겨주겠지.

"전 워낙에 비싼 몸이라."

—하지 마, 인마.

"할 건데요?"

박영호는 끝까지 진상을 떨었다.

*　　　*　　　*

전 세계의 골수 e스포츠팬들이 속속들이 로스앤젤레스로 모여들기 시작했다.

로스앤젤레스에 위치한 SC코퍼레이션 본사에서 바로 e스포츠의 미래에 중대한 영향을 끼칠 이벤트가 벌어지기 때문이었다.

무려 5만 장이나 되는 입장권은 인터넷 예매를 시작한 지 10분도 되지 않아 매진되어 버린 기록을 세워 버렸을 정도로 관심이 몹시 높았다.

여러 가지로 개선이 된 스페이스 크래프트 리마스터 버전.

그리고 e스포츠의 살아 있는 전설, 이신의 전성기 시절을 그대로 재현한 인공지능.

호기심을 자극하는 요소들이 너무나도 많았다.

특히나 인공지능 이신 대 살아 있는 이신의 대결!

모든 팬들이 가장 궁금해하는 질문들이 있었다.

마이클 조셉, 엔조 주앙 등 이신이 사라져 있었던 동안 새로운 신성이 나타날 때마다, 그들은 이신과 비교 대상이 되었다.

전성기 시절의 이신과 현재의 최강자가 붙는다면 누가 이길까?

전성기의 이신은 인간이 게임으로 할 수 있는 극한의 플레이라고 말하는 팬들이 대다수.

비극으로 무대에서 사라졌던 터라, 이신은 팬들에게 신앙과도 같은 존재가 되어 있었다. 누구도 이신을 능가할 수는 없다는 믿음이 너무도 확고했다.

그러나 이제 그만 이신의 잔재를 걷어내 주었으면 하고 바라는 팬들도 많았고, 그들은 시간이 흘러 전략도 발전하였으므로 과거의 사람과 비교 자체가 될 수 없다고 말했다.

끊임없는 논쟁거리가 되었으나, 결코 확인할 수는 없었던 일.

그것이 직접 눈으로 검증할 수 있는 기회가 온 것이었다.

상상하지도 못했던 방법으로 이 매치를 실현시킨 코렛 사장에게 팬들은 감동했다.

역시나 진정한 e스포츠의 팬은 코렛 사장이라고 팬들은 칭찬했다. 가장 스케일이 큰 이신의 광팬이라는 우스갯소리도 나왔다.

SC코퍼레이션 본사로 입장하는 관객들의 행렬이 길게 줄을 서서 장관을 연출하고 있는 상황.

그런데 문득, 줄을 선 관객들 사이에서 소란이 발생하였다.

"오오!"

"카이저다!"

"헤이, 카이저! 여길 봐줘!"

"오, 맙소사! 내가 신을 보았어!"

검정색 밴이 멈추고 그곳에서 이신이 내렸다.

밴쿠버에서 만반의 준비를 모두 마치고 로스앤젤레스에 온 것이다.

찰칵찰칵! 찰칵!

촬영하는 소리가 연신 울려 퍼졌다. 관객들이 환호를 보내자, 이신도 그들에게 가볍게 손을 흔들어주었다.

"꼭 이겨!"
"인간이 인공지능에게 지지 않는다는 걸 보여줘!"
"과거의 스스로에게 지지 마!"
"네가 최고야!"
응원의 소리를 받으며 이신은 결전의 장소로 들어섰다.
본사 내부도 붐빈 관객들로 인해 대성황이었다.
SC뿐만 아니라 SC코퍼레이션에서 개발한 수많은 게임의 상품들이 전시되어 있었고, 게임 캐릭터들을 코스프레한 모습도 즐비했다.
코스프레 모델들은 팬들과 사진을 찍어주는 서비스를 해주고 있었는데, 이신을 발견하자 오히려 모델들이 그에게로 모여들었다.
"……?"
의아해한 이신은 이내 피식 웃고는 코스프레 모델들과 사진을 찍어주었다.
모델들이 도리어 사진을 함께 찍어달라고 요청하는 모습에 관객들도 웃음을 터뜨렸다.
"난리도 아니군요."
이신은 선수 대기실에 도착하자 비로소 한숨 돌렸다.
"다들 궁금해하거든요. 연습을 많이 하셨습니까?"
공항에서부터 이신을 안내해 주었던 스태프가 물었다.
이신은 고개를 끄덕였다.

“해보시면서 뭔가 문제점은 없으셨고요?”

“해상도가 달라져서 그런지 마우스 감도도 달라졌는데, 알맞은 설정값을 찾았으니 괜찮습니다.”

“다행이군요. 그럼 시간이 될 때까지 푹 쉬세요. 축제를 함께 즐기셔도 좋고요.”

“알겠습니다.”

스태프가 떠나고, 혼자 남게 된 이신은 태블릿PC를 꺼냈다.

그러고는 리플레이 파일을 재생했다.

작년에 온라인에 출몰한 Kaiser2017과 대전했던 게임이었다.

이때도 인공지능은 이미 상당한 실력을 뽐내고 있었다.

하지만 이조차도 아직 미완성.

오늘은 완전해진 모습으로 나타날 터였다.

‘앞서서 마이클 조셉과 하는 걸 잘 봐야겠군.’

마이클 조셉이 준비한 맵은 오늘 이신이 치를 맵과 달랐지만, 그래도 인류 대 인류 전에서 인공지능이 어떤 스타일과 실력을 보여줄지 참고할 부분은 많았다.

특히나 피지컬로 따지면 현재의 이신보다 더 좋은 마이클 조셉이었다.

온라인에서 함께 연습 게임을 했을 때, 마이클 조셉은 굉장히 공격적인 플레이를 했었다.

똑같이 공격적으로 나서서 서로를 물어뜯는 스피드 게임을 펼칠 작정으로 보였다.

'마이클 조셉이 지지 않고 난전을 펼치는 식으로 인공지능을 이길 수 있을지 봐야겠어.'

사실 이신도 100% 완성된 지금의 인공지능의 실력을 잘 가늠하지 못했다.

그래서 불안감을 느껴 더 준비를 철저히 해야 했다.

하지만…….

리플레이 영상을 보면서 이신은 자기도 모르게 미소 짓고 있었다.

이길 수 있을지 알 수 없는 상대를 앞둔 긴장감이, 그를 한없이 기쁘게 하고 있었다.

* * *

"우와! 보병이다!"

"사진 찍자!"

존과 차이는 코스프레를 한 모델들을 보며 흥분했다.

게임 속 유닛들이 현실에서 살아 움직이고 있으니 그야말로 천국이었다.

두 소년은 장양의 손을 붙잡고 이리 저리 바쁘게 끌고 다니며 모델들과 같이 사진을 찍어댔다.

이신의 제자로 유명한 이들이라, 주변에 있던 팬들도 사진을 찍기 바빴다.

"카이저의 제자들이야. 하나같이 천재지."

"저렇게 보니 정말 어린애들이네."

"오, 저기 주디스 레벨린도 있어!"

"예쁘다!"

"사진 찍어 달라고 하자!"

어려서 그런지 주변 눈치 안 보고 신이 나서 놀고 있는 차이 일당 때문에 자연히 함께 움직이던 주디까지 눈에 띄었다.

주디는 사인을 해주고 사진도 찍어주는 등 팬 서비스를 해주느라 바쁘게 되었다.

차이와 장양은 한국 리그를 씹어 먹으며 실력을 뽐내고 있어 전 세계 프로 팀의 표적이 되고 있지만, 팬들에게 가장 인기가 많은 것은 역시나 '신의 여자'나 '게임의 여신' 같은 수식어가 붙은 주디였다.

"어휴, 내가 쟤들 때문에 못 살아."

주디는 팬 서비스를 해주느라 진이 빠져서 투덜거렸다.

그렇지만 활기차게 잘 노는 동생 존을 보니 기분이 좋았다.

저렇게 건강해져서 친구들과 활기차게 노는 동생의 모습을 가족들이 얼마나 꿈꿔왔던가?

평소에도 프로리그 경기장으로 쓰이는 SC코퍼레이션 본사 내부의 경기장은 전 세계에서 찾아온 관객들로 가득 붐볐다.

10분 만에 매진되어 버린 입장권 예매에 성공한 선택받은 이들이거나, 그런 입장권은 몇 배의 가격을 치르고 산 이들이었다.

그만큼 하나같이 e스포츠를 열정적으로 좋아하는 팬들이었다.

"오늘 경기는 장난 아니겠다."

신나게 놀던 존이 문득 중얼거렸다.

"그래, 경기 수준이나 흥행성도 말할 필요가 없고, 심지어 관객들의 호응도 역대 최고일걸?"

차이가 대답했다.

이곳을 찾은 관객들은 차이를 한눈에 알아보고 말을 걸었는데, 그때마다 얼마 전의 경기를 언급하고 상세한 플레이 내용을 말하며 멋졌다고 칭찬했다.

이신도 중국으로 떠나서 없는 한국의 프로리그 경기를 봤다는 뜻이었다.

그 정도의 마니아들이 이곳에 5만 명이나 있었다.

오늘 이 관객들이 보여줄 호응은 정말 최고일 것이다.

차이는 문득, 어디로 사라져 미아가 될지 몰라 손을 꼭 붙잡고 있던 장양의 손목에 힘이 들어간 것을 느꼈다.

손을 보니 장양은 주먹을 꽉 쥐고 있었다.

사려 깊은 차이는 장양이 무슨 생각을 하는지 다 알고 있었다.

"너도 이런 무대에서 경기를 하고 싶구나?"

장양은 고개를 끄덕였다.

차이는 미소를 지었다.

'정말 많이 성장했구나. 이제 프로가 다 됐어.'

자폐증을 앓았던 장양이었다.

처음 봤을 때는 보호자로 함께 온 리쟈 없이는 일상생활이 불가능할 정도였다.

이신이 함께 없으면 어디에도 못갈 정도로 사회성이 부족했던 장양이, 이제는 올도어SCC의 팀원으로 완전히 녹아들어 생활하고 있었다.

여전히 말수는 없지만 같은 팀 선수들과 잘 녹아들어 화합하고 있었고, 이제 혼자 다닐 수도 있게 되어서 같이 다니다가도 혼자 딴 데로 사라지는 일까지 빈번하게 생겼다. 스마트폰의 GPS가 아니었으면 몇 번이고 미아가 되었으리라.

그리고 이제는 수많은 팬이 응원하는 큰 무대를 바라는, 진정한 프로게이머가 된 것이었다.

평소에는 돌봐줘야 하지만, 무대에만 올라가면 자신의 강력한 라이벌로 돌변하는 장양이, 차이는 아주 좋았다.

스승인 이신의 영향을 많이 받아서일까?

장양이 강력한 라이벌로서 주는 자극을 즐기는 차이였다.

한국 무대에서 최고를 다투는 라이벌 관계라 그런지, 장양과 게임을 하면 항상 긴장감이 있어서 즐거웠다. 장양도 같은 기분일 거라고 확신했다.

'선생님이 부러워.'

그런 자극과 스릴을 알게 된 차이는 지금의 이신이 부러웠다.

그 나이에 여전히 최고의 자리에 있었다.

그리고 오늘, 전성기 시절의 자신을 재현한 인공지능과의 대적을 앞두고 있었다.

전 세계의 관심을 받는 이 화끈한 무대에서!

지금 이신이 받고 있는 자극이 부러웠다.

"엇? 봐봐! 한국에서도 방송 시작했어."

SC코퍼레이션에서 주최한 SC 리마스터 발표회는 한국에서 특집 방송으로 편성되어 무려 공중파를 탔다.

실시간 스트리밍으로도 병행되고 있어서 팬들이 채팅을 치며 관람하고 있었다.

—안녕하십니까, 캐스터 이병철!

—해설위원 정승태입니다!

—오늘은 정말 e스포츠팬들에게 특별한 날이죠?

—예, 스페이스 크래프트 리마스터 버전이 발표되는 날입니다. 오늘 발표회와 더불어 이벤트를 벌이고, 내일 바로 출시된다고 하는데요, 벌써부터 지갑을 열어놓고 결제할 준비를 하는 팬 분들이 눈에 보일 듯합니다.

—그렇습니다. 하지만 오늘만큼은 그보다 더 팬들이 기다리는 게 있죠? 바로 인공지능 카이저!

―그렇습니다! 지금은 AI카이저라는 공식 명칭을 지니고 있지만, 얼마 전까지는 Kaiser2018이라는 아이디를 쓰며 온라인상에 출몰했었죠?

―예, Kaiser2017로 출몰했다가 아이디를 Kaiser2018로 바꿔서 또 출몰했죠. 세계 각국 서버에 나타나서 e스포츠계에서는 불가사의 중 하나였거든요.

―예, 스타일이 예전 이신 선수와 똑같았기 때문에, 중국에 있는 이신 선수가 장난을 치는 건가 하는 의문도 있었죠.

―그때 이신 선수는 노코멘트로 일관했는데, 설마 인공지능일 줄을 누가 알았겠습니까?

―예, 이신 선수는 당연히 인공지능 개발에 참여했으니 알고 있었지만 밝히지 못했던 거겠죠.

―모른다고는 안 하고 노코멘트로 일관했는데, 거짓말은 하고 싶지 않았던 것 같습니다, 하하하.

―아무튼 그 AI카이저의 정체가 오늘 완전히 드러납니다. 이신 선수뿐만이 아니라, 인류, 괴물, 신족 각 종족별로 한 선수씩 초청되어서 인공지능과 대결을 벌인다고 하는데, 이거 정말 기대되죠?

―그렇습니다! 그렇기 때문에 저희도 오늘 해설을 위해 두 분을 초청했습니다. 그중 한 분은 괴물 대표 선수로 저기 갔어야 하지 않나 싶은 그분입니다!

―예! 중국에서 왕성한 선수 활동을 벌이다가 휴가차 한국

에 왔는데, 소식에 따르면 친정팀에 쳐들어가 난동을 피우고 있다고 그 팀 관계자한테서 들었습니다!

—하하하, 그렇습니다. 바로 올도어SCC의 최환열 감독님, 그리고 SC스타즈의 박영호 선수입니다!

그러고서 최환열과 박영호가 출연했다.

—안녕하십니까, 올도어SCC 감독 최환열입니다.

—안녕하세요, LA에 초청 못 받은 박영호입니다.

등장하자마자 첫인사부터 삐딱한 박영호!

스마트폰으로 중계를 보던 존은 고개를 끄덕였다.

"이 형 우리 집에 놀러오겠다고 했을 때 거절했잖아."

"응, 선생님이 귀찮은 놈이니까 부르지 말라고 했었지."

"안 부르길 잘했던 것 같아. 불렀으면 캐나다 갈 준비하려고 짐 싸고 있던 게 들켰을 거 아냐."

"캐나다 따라가겠다고 생떼 부렸겠지."

차이가 키득거리며 맞장구쳤다.

그 탓일까.

이신이 말없이 캐나다로 훌쩍 가버리자, 자신을 버리고 해외여행을 갔다고 생각한 박영호는 잔뜩 삐쳐 있었다.

"근데 LA에 초청도 못 받았으니까 좀 안 되긴 했다. 그냥 캐나다 데려갈 걸 그랬나?"

"아서라. 우리랑 같이 있을 때 괴물 대표로 선정 못 된 소식 들으면 어땠을 것 같아?"

"…우리한테 화풀이를 했겠지?"

"그냥 놔둬도 알아서 화풀이하고 다니다가 나아진다고 선생님이 그러셨어. 근데 괴물 대표로 선정 못 된 건 좀 분하긴 하겠지. 나 같아도 화났을 것 같아."

"작년 그랑프리 때 3 대 0으로 박살 냈던 아마드 부티아가 대표로 선정됐으니까. 이런 큰 무대에서 활약할 기회를 잃었는데 얼마나 분했겠어."

사실은 차이도 내심 속이 부글부글 끓었다.

1년만 더 시간이 주어졌더라면!

그랬으면 자신이 그랑프리에서 활약하여서 전 세계 팬에게 실력을 입증해 보이고, 오늘 같은 이 무대에 인류 대표로 초청될 수도 있지 않았겠는가?

이런 큰 무대가 앞으로 또 있을까?

일생에 한 번 있을까 말까 한 희대의 매치가 오늘 열렸다고 생각했다.

자신은 그 기회를 놓쳤고 말이다.

선수로서 야심이 넘치는 차이였기에 할 수 있는 생각이었다.

*　　　*　　　*

해설에 참여한 박영호와 최환열은 카메라 앞에서도 자연스럽게 해설진과 녹아들었다.

선수 생활 은퇴 후 오랫동안 개인방송을 해온 최환열이었고, 박영호의 경우 파프리카TV 랭킹 1위였다.

선수 생활을 은퇴하고 방송에 올인하면 역대급 연봉을 받는 지금보다 더 돈을 많이 벌 거라는 소리까지 나오는 타고난 재담꾼인 박영호였다.

물론 중국에서 이신의 룸메이트라는 점을 방송 콘텐츠로 활용한 탓에 1위를 찍은 것이지만, 그걸 잘 활용한 박영호의 센스와 뻔뻔함에 감탄했다는 게 팬들의 반응이었다.

"두 분 다 요즘 굉장히 잘나가시는 분들이죠. 최환열 감독님, 팀 우승 축하드립니다."

이병철 캐스터가 말을 건넸다.

"감사합니다."

"감독으로 취임하시자마자 최고의 성과를 거두셨네요."

"워낙 선수들이 잘해서 우승할 수 있었습니다. 앞으로 국내 최강팀의 위상을 유지하는 것이 감독으로의 역량을 증명할 길이라고 생각합니다."

"그렇죠."

대뜸 동의하며 고개를 끄덕거리는 사람은 바로 박영호였다.

"차이, 장양, 존, 주디… 이신 제자들을 다 데리고 있는데 우승 못 하면 되나요?"

최환열의 미간이 꿈틀거렸다.

"갑자기 시비를 거시는데, 휴가 나왔더니 왕따가 되어 있어서 심기가 불편하다는 소문이 사실이었나 보네요, 박영호 선수."

"왕따라뇨? 친정팀에서 절 얼마나 반겼는데요."

"JKT 감독님하고 전화 통화했는데 대뜸 찾아와서 선수 숙소에 자리 차지하고 연습생들 학살하고 난동 부렸다던데요."

"에이, 감독님이 원래 좀 엄살이 심하십니다. 프로리그 할 때도 많이 보셨잖아요. 인터뷰만 했다 하면 어려울 것 같다, 힘든 경기가 될 것 같지만 많은 준비를 했다, 뭐 이런 거요."

"오성준 선수와도 통화했습니다. 대체 왜 그러십니까?"

"에이, 연습생 애들한테는 좀 제 노하우를 알려주려고 그랬던 거고요."

"이겼다 싶으면 채팅 러시로 멘탈 공격하고 그랬다고 하는데, 자라나는 꿈나무들한테 그러지 마세요."

어차피 이벤트 매치가 시작되기 전까지는 달리 중계할 것도 없었으므로 두 사람은 서로를 디스하며 시청자들을 웃겼다.

한참을 그러다가 이병철 캐스터가 진행을 계속했다.

"일단 오늘 매치는 초정된 종족 대표 세 선수가 각각 한 판씩 인공지능과 붙고, 그다음에 메인 매치로 이신 선수가 인공지능과 3판 2선으로 대결한다고 하던데요. 오늘 결과가 어떻게 될 거라고 생각하십니까?"

그 말에 최환열이 먼저 말했다.

"인공지능이 정체를 숨기고 온라인에서 활동할 때, 저희 팀 선수들도 인공지능이랑 게임을 해봤는데 실력이 상당했습니다. 차이나 장양도 졌을 정도로 무서운 실력이었는데, 자칫 잘못했다간 인공지능에게 학살당하는 결과가 나오지 않을까 염려됩니다."

*　　　*　　　*

발표회는 성황리에 진행되었다.

SC코퍼레이션은 발표회에서 모바일 게임도 발표했는데, 'SC 미니'라는 타이틀이 붙여진 이 게임은 모바일용임에도 실시간 전략 게임의 장르적 특성을 심플하게 잘 담아내 게이머의 관심을 모았다.

생산 유닛이나 건설을 배제한 채 유닛 조합과 터치로 발휘하는 컨트롤로 승부를 보는 이 모바일 게임은 세계적으로 유명했던 옛 레전드 프로게이머들을 초빙하여서 직접 대전하는 모습을 보여주어 흥미를 더했다.

"와, 재미있겠네요."

해설에 초대된 박영호가 이를 보며 감탄했다.

"예, 실시간 전략 게임이라는 복잡한 장르를 모바일에 맞춰서 상당히 심플하게 잘 만들었어요."

정승태 해설위원도 호평이었다.

"단순한 방식이지만 전략적으로 고려해야 할 요소도 있고, 흥미로운 게임 같습니다."

최환열도 고개를 끄덕이며 인정했다. 그러면서 속으로는 개인방송을 할 때 저 모바일 게임을 방송 소재로 삼아도 좋겠다는 생각을 했다.

"그러고 보니 이신 선수는 SC 이외에 다른 게임을 전혀 안 한다고 하던데요. 저건 어떨까요?"

이병철 캐스터가 슬쩍 이신과 관련된 질문을 던졌다. 시청자들의 관심은 오로지 이신이라, 그런 쪽의 대화가 잘 먹힌다는 걸 알기 때문이다.

박영호가 어깨를 으쓱하며 답했다.

"중국에서 같이 살고 있는데, 다른 게임 하는 걸 못 봤습니다. 제가 이거 재미있으니 하자고 권유해도 싫대요. 그렇다고 여가 시간에 밖에 나가 노는 것도 아니고 그냥 기계죠, 기계. 인공지능 만들기 되게 쉬웠을 걸요? 원채 인간 같은 구석이 없어서……."

"하하하, 최환열 감독님은 어떻게 생각하십니까?"

그러자 이번엔 최환열이 말했다.

"다른 게임 하는 게 딱 하나 있긴 합니다. 지뢰 찾기라고……."

해설진 사이에서 웃음이 터져 나왔다.

"데뷔 직전 팀에 막 합류했을 때의 일인데, 한번은 굉장히 심각한 표정으로 고민에 잠겨 있는 걸 본 적이 있습니다."

시청자들의 관심도가 떨어지는 이런저런 자잘한 이벤트가 벌어지는 동안, 최환열은 계속 과거의 일화를 풀기 시작했다.

"왜 그러냐고 물으니까 손가락이 잘 안 움직인다고 하더라고요. 놀라서 병원 가보라고 했더니, 그런 건 아니고 키를 누르는 습관이 비효율적인 것 같다고 하더군요."

"하하, 그런 것까지 고민을 하네요."

"그러니까요. 전 얘가 너무 연습에 몰두하다가 정신이 나갔나 싶었습니다. 광기의 천재 같은 거 있잖습니까. 걱정돼서 SC 생각도 하지 말고 딴 짓 하고 놀라고 시켰거든요. 그러니까 지뢰 찾기를 하더라고요."

이신은 지뢰를 찾는 속도마저 빛의 속도였으며, 그로부터 몇 주 뒤 기어코 키보드를 누르는 습관이 바뀌었다는 이야기가 덧붙여지며 시청자들을 웃게 했다.

"아무튼 그렇게 키 누르는 손부터 마우스 감도, 병력이 움직이는 동선까지 모두 최적화시킨 끝에 손에 넣었던 그 시절의 그 스피드가 바로 오늘 인공지능이 구사하는 플레이 템포입니다."

"그렇게 들으니까 거의 방망이 깎는 노인처럼 스스로를 갈고 닦았다는 게 느껴지네요."

이병철 캐스터의 말에 시청자 채팅창이 또다시 웃음바다가 되었다.

"완벽하게 최적화된 데다가 피지컬도 전성기였던 시절이니까, 수년 전의 플레이를 한다 해도 위협적인 건 매한가지입니다."

"트렌드는 돌고 돌기 때문에 요즘은 오히려 옛날처럼 공격적인 플레이가 잘 먹히기도 하죠. 최악의 상황이면 마이클 조셉이나 아마드 부티아나 지우펑까지 모두 방심하다가 일격을 맞아서 허무하게 질지도 몰라요."

이는 박영호의 견해였다.

계속되는 박영호의 이야기에서, 중국 리그에서 이신은 운영위주로 하다가도 때때로 예전 같은 공격적인 플레이를 섞어서 연승을 거뒀다고 들려주었다.

최환열이 이어서 말했다.

"하지만 오늘날의 이신 역시 젊은 시절에 스스로를 최적화시키며 깎아왔던 덕에 저 나이에도 실력을 유지하고 있습니다."

만 25세, 한국 나이로 무려 27세.

e스포츠 역사상 이 나이에 정상에 섰던 선수는 없었다.

이는 다른 선수들이 신경 쓰지 않는 부분까지 단련시킨 덕이었다.

그것은 어찌 보면 광기였다.

이렇게까지 해야 하나 싶을 정도의 비정상적인 노력!

하지만 게임에 목숨을 건 이신으로서는 당연했다.

야구 선수도 자신의 폼을 끊임없이 교정하며 노력하는데, 프로게이머가 그 정도의 노력을 하지 않는 건 '고작 게임'일 뿐이라고 스스로 말하는 거나 다름없었다.

"그동안 세월이 흘렀고, 이신 선수는 그 변화에 적응하며 새로운 요령을 계속 체득했습니다. 그 시간과 노력이 헛된 게 아니라면, 오늘 인공지능을 상대로 멋진 대결을 펼칠 수 있을 겁니다."

발표회는 계속 진행되었다.

데이비드 코렛 사장이 직접 무대에서 여러 가지 발표를 하면서 점점 클라이맥스로 향했다.

—자, 오래 기다리셨습니다! 이제 모두가 기다렸던 이벤트 매치를 볼까요?

코렛 사장의 말과 함께, 대형화면이 바뀌었다.

—우상이었죠.

마이클 조셉이 나타나 말했다.

이어서 전성기 시절 이신이 구가했던 영광의 순간들이 흘렀다.

—모든 인류 플레이어의 로망이었을 거예요. 최고의 플레이, 최고의 위치… 저도 그렇게 되고 싶었어요. 아직도 그렇고요.

이어서,

—괴물의 악몽이죠.

아마드 부티아가 말했다.

—그 사람이 괴물 괴롭히는 방법을 수십 가지는 만든 것 같아요. 인류가 그렇게 위협적으로 플레이하면 괴물은 수동적일 수밖에 없어요. 선택할 수 있는 가짓수가 괴물보다 너무 많아요. 특히나 그 카이저는 그 모든 걸 다 할 줄 알죠.

그 다음은 당연히 지우평의 차례였다.

—신족도 신족 나름의 고충이 있어요. 인류가 단단히 버티고 있다가 업그레이드 잘된 병력 끌고 나오면 한숨밖에 안 나와요.

지우평은 자기 성격답게, 괴물 유저에게 징징거리지 말라는 듯이 쏘아붙였다.

—인구수 한계까지 다 채운 병력끼리 싸우면 불리한 쪽은 당연히 신족이죠. 인류는 한 방 잘 싸우면 되지만, 신족은 인류 병력을 몇 번을 싸먹어야 해요.

"뭐, 피해자들 인터뷰 같네요."

최환열의 한마디에 다들 웃음이 터진 가운데, 박영호가 입술을 삐죽 내밀며 말했다.

"틀린 말은 아니죠. 삐끗 실수 한 번 하면 돌이킬 수 없는 게 괴물인데, 이 고충을 뻔뻔한 인류가 알 리가 없죠."

"거참 오성준 선수 제자답게 인류에게 불만이 많으시네요. 그 형님도 정말 저만 보면 종족 잘 타고난 줄 알라고 말이 많으시던데."

최환열은 옛 라이벌이자 아직도 현역에 있는 JKT의 베테랑 오성준을 언급하며 대응했다.

"저한텐 젊어서 좋은 줄 알라고 하시던데."

박영호의 깨알 같은 드립에 다시 시청자 채팅창은 웃음바다. 해설에 개그맨을 초빙했냐는 반응이었다.

전성기 시절의 이신이 신족들을 무참히 때려잡던 하이라이트 영상들이 주르륵 이어졌다.

뉴욕 e스포츠 센터에도 전시되어 있는 슈퍼 플레이 모음집의 향연이었다.

지우펑의 설명과 영상이 절묘하게 합치된다.

—단단히 문을 걸어 잠근 채 일부 병력만 견제 플레이를 보내서 자원 수급 방해. 신족이 제일 싫어하는 그 스타일을 확립시킨 사람이 카이저죠.

인터뷰는 다시 마이클 조셉에게 돌아왔다.

—이제 경험이 쌓이면서 알게 되었어요. 전 저일 뿐이고 카이저가 될 수 없다는 걸요. 하지만 카이저를 넘어설 수는 있죠. 지난 그랑프리 개인전에서는 팬들을 실망시켰지만, 이번에는 제대로 보여주고 싶습니다.

다시 아마드 부티아.

—북미 리그에서 그 수많은 인류를 꺾으며 살아남았던 저입니다. 카이저라고 다를 건 없다고 봅니다. 특히나 기껏해야 수년 전의 선수면요.

마지막으로 지우평.

—계속 침투할 틈을 찾겠죠. 하지만 전 틈이 없습니다. 작년 그랑프리에서 고배(苦杯)를 마신 뒤로 더 완벽해졌습니다. 같은 팀에 있는 카이저도 제게는 경쟁 상대인데, 하물며 그의 수년 전 인공지능이라면 말할 것도 없죠.

"와, 일단 세 선수 모두 투쟁심이 대단합니다."

이병철 캐스터가 감탄했다.

정승태 해설위원도 동의했다.

"다들 자기 종족에서 최고 소리를 듣는 일류 선수들인데 당연히 저 정도 자부심은 있어야죠. 이신 선수의 인터뷰도 보고 싶은데, 아마 나중에 나올 듯합니다."

"1세트는 마이클 조셉 대 인공지능인데, 아마 지금 이신은 이 경기를 예의주시하고 있을 겁니다."

최환열은 이신에 대해 잘 알고 있었기 때문에 쉽게 예측했다.

"어떤 점을 주목할까요?"

"얼마 전에 통화를 했는데, 인공지능을 어떻게 상대할지 고민이 많았습니다. 인공지능은 공격적일 게 뻔한데, 똑같이 난전을 펼쳐서 멀티태스킹 싸움을 벌일지, 운영으로 승부할지 고민했었죠."

"아, 마이클 조셉이 하는 걸 보고 선택을 하겠다는 뜻일까요?"

최환열은 고개를 저었다.

"이미 답은 갖고 나왔을 겁니다. 거기에 확신이 필요할 뿐이죠."

*　　　*　　　*

대기실.

마이클 조셉, 아마드 부티아, 지우펑이 한자리에 있었다.

그리고 그 중심에 이신도 있었다.

"어떻게 이겨야 하는지 내가 먼저 가서 보여줄게."

마이클 조셉은 웃으며 이신의 어깨를 툭툭 쳤다.

이신도 잘 다녀오라는 듯이 손을 흔들었고, 마이클 조셉은 그렇게 1세트를 치르러 떠났다.

같은 팀인 지우펑이 가까이 다가와서 물었다.

영어에 이어 중국어로 대화를 나눠야 했지만, 통역 반지 덕에 어렵지 않게 알아들을 수 있었다.

"예전의 자기 자신은 스스로가 잘 알지? 인공지능이 어떻게 나올 것 같아?"

이신은 곰곰이 생각하다가 입을 열었다.

"그때의 나랑 지금의 나는 결정적인 차이점이 있어."

"뭔데?"

"난 인류 대 인류 동족전에서 장기전을 좋아해. 국지전에 재미가 들리기 시작했거든."

그 말에 지우평도 고개를 끄덕이며 무언의 동의했다. 같은 팀에 있으면서 이신의 변화를 당연히 잘 알 수밖에 없었다.

예전과 다르게 국지전 승부를 좋아하게 되었다. 그러면서 각성을 한 듯이 제2의 전성기를 구가하게 된 이신이었다.

"근데 예전의 나라면 길게 끌고 가기가 싫을 거야. 루즈해지는 게 싫으니까. 아마 초반부터 공격을 하겠지. 실패해도 길게 보면서 따라잡으면 된다는 마인드이니까."

그때의 피지컬은 그 정도로 전지전능했다.

스스로 돌이켜도 공감이 안 갈 정도로, 어떻게 해도 이길 수 있다는 자신감에 차 있었다.

그때의 느낌이 이제는 잘 생각나지 않는다.

무아지경 속에서 생각의 속도로 따라잡을 수 없는 전광석화 같은 플레이를 펼쳤던 그 시절의 자신이.

'기억나게 해다오.'

이신은 1세트를 치르기 위한 준비를 마친 부스 속의 마이클 조셉을 모니터로 바라보며 생각했다.

제8장

AI

마이클 조셉의 경기가 펼쳐졌다.

이신에게는 가장 중요한 참고가 될 게임이었다.

시작과 함께 먼저 보여준 건 인공지능, 즉 AI카이저의 개인 화면이었다.

AI카이저의 개인 화면은 일반적인 프로게이머와 똑같았다.

마우스를 이리저리 의미 없이 조작하며 손을 푸는 프로들 특유의 동작까지 똑같아서 관중의 탄성을 일으켰다.

“시작했습니다. 먼저 보이는 건 AI의 개인 화면 같네요. 진영은 1시입니다.”

“마우스 움직이는 게 정말 사람 같네요.”

"예, 현지 해설진의 설명을 들으니 실제 이신 선수의 과거 마우스 움직임을 모두 취합하여서 패턴을 완성했다고 합니다. 그러니까 2018년도 시점의 이신 선수의 마우스나 다름없다고 하네요."

영어를 알아들을 수 있는 이병철 캐스터가 설명을 해주었다.

정승태 해설위원도 그저 감탄한다.

"인공지능 기술이 부쩍 발달하고 있다는 얘기는 들었지만, 실제로 저희 전문 분야에서도 이렇게 등장한 걸 보니 새삼 놀랍네요."

"예, 부상당하기 직전의 이신 선수를 다시 만나볼 수 있게 될 줄을 누가 알았겠습니까?"

"최환열 감독님이 보기에는 어떻습니까?"

질문이 던져지자 최환열이 말했다.

"이제 막 시작했을 뿐이라서 잘 모르겠습니다. 저기까지는 다들 이신만큼 합니다."

"하하, 그야 그렇겠죠. 일꾼 나누는 건 나도 이신만큼 한다고들 그러잖습니까."

"이제 문제는 순간순간에 상황을 판단하는 부분에서 갈리겠죠. 정해진 빌드 오더를 쫓아가는 거야 그냥 컴퓨터도 할 줄 아는 거니까요."

"라고 말씀드리는 순간, AI 나갑니다!"

AI카이저의 건설로봇이 진영 밖으로 나가기 시작했다.

정찰이라고 하기에는 너무 빨랐다.

밖으로 나온 건설로봇은 맵 중앙에 병영을 건설하기 시작했다.

"아, 이건 8병영이죠? 초반부터 상대에게 피해를 입히고 시작하겠다는 의도로 보입니다!"

정승태 해설위원의 말을 최환열이 정정했다.

"7병영입니다. 이 정도면 칼을 뽑았다고 봐야 합니다. 피해를 못 입히면 아주 가난해집니다."

7병영.

건설로봇이 7기밖에 없을 때, 그중 하나를 내보내서 병영을 건설한 것이다.

8기였을 때 보내는 것보다 훨씬 자원 상으로 가난해지는 선택이었다.

"벌써부터 저런 극단적인 운영이 나오기 시작합니다. 정말 무서운 AI카이저!"

"자신이 있으니까요. 소수 컨트롤 싸움이 되면 져본 적이 없거든요."

"그런데 마이클 조셉 선수는 아직 병영을 건설 안 하고 있습니다! 이건 생 더블인가요?"

"생 더블이면 게임 터진 겁니다!"

최환열이 소리쳤다.

다행히 마이클 조셉은 인구수 13 때 병영을 건설하기 시작했다. 건설 위치는 본진 출입구 앞이었다.

최환열이 계속 말했다.

"생 더블까지는 아니지만 아주 부유하게 출발하려고 욕심 부렸습니다. 일단 병영 위치도 최악은 아니지만 별로 좋지 않습니다!"

"그렇죠. 병영을 짓는 건설로봇이 공격받을 수 있는 위치라 이거 위기인데요? 1세트부터 이런 식으로 터져 버리는 걸까요?!"

최악의 병영 위치는 앞마당.

앞마당에 지을 경우, 아주 확실하게 들이닥친 적들의 공격을 받아 병영을 완공하지 못하게 된다.

"저걸 보면 이신, 아니 AI는 득달같이 덤빌 겁니다. 심지어 정찰 방향도 안 좋죠! 7시로 가고 있습니다."

화면은 옵서버의 중계 시점으로 돌아온 지 오래였다.

마이클 조셉의 위치는 11시였는데, 첫 정찰 방향이 7시였다. 5시를 거쳐서 1시로 갈 테니, 7병영을 시전한 AI의 전략을 정찰로 알아채는 건 불가능했다.

마침내 AI카이저가 움직였다.

병영을 짓고 바로 정찰을 시작한 건설로봇은 마이클 조셉의 진영을 한 번에 발견했고, 이후 3명까지 생산된 보병이 진격했다.

건설로봇이 마이클 조셉이 짓고 있는 병영 옆에 참호를 짓기 시작하자, 비로소 마이클 조셉도 사단이 났음을 알아차렸다.

즉각 8기나 되는 건설로봇을 동원하여서 방어에 나섰다.

AI의 보병들은 당연히 병영을 건설 중인 건설로봇부터 일점사했다.

—투타타타타타!

—퍼엉!

건설로봇 1기 파괴.

다른 건설로봇이 병영 건설을 이어서 했고, 나머지는 보병들과 싸우기 시작했다.

마이클 조셉의 디펜스도 훌륭했다.

7시의 자원을 클릭해서 건설로봇들을 비비는 컨트롤을 펼쳐, 보병들을 에워싸려 했다.

하지만 컨트롤 좋은 건 AI도 마찬가지.

에워싸이기 전에 보병들을 재빨리 앞마당으로 후퇴시켰다.

에워싸서 죽이려는 건설로봇들과 포위당하는 걸 피해 물러서며 무빙 샷을 펼치는 보병들의 불꽃 튀는 결전.

해설진도 덩달아 목소리가 커졌다.

박영호가 소리쳤다.

"저거 참호 막아야죠! 참호 완공되지 못하게 해야죠! 저게 기본이에요!"

"대신 보병하고는 잘 싸우고 있습니다. 보병들이 도망 다니느라 총 쏠 틈이 없는데, 아……!"

보병이 1명 더 출현했다.

정찰 보내기 위해 띄워서 날렸던 병영 건물을 다시 내린 후에 보병을 더 생산한 것이다.

"거기서 보병을 하나 더 뽑는 판단을 해버리네요!"

"정말 판단 무섭습니다!"

—펑!

건설로봇 1기가 더 폭파.

—으악!

하지만 마이클 조셉도 보병 1명을 에워싸서 사살하는 데 성공했다.

마이클 조셉은 병영이 완성되고 보병 1명이 생산되자, 비로소 건설로봇들을 모두 불러들였다.

건설로봇들이 출입구를 틀어막으며 짓다 만 채로 남아 있던 AI의 참호를 공격.

AI도 보병들이 출입구로 다가와 총격전을 벌였다.

—으악!

마이클 조셉의 보병이 죽는 소리였다.

"아, 일점사!"

이병철 캐스터의 탄성.

"본진이 앞마당보다 높은 지형이라 시야가 안 보일 텐데, 저 짓다 만 참호 때문에 시야 확보가 되는 거예요! 그럼 저렇게 일점사를 할 수 있죠."

최환열이 설명했다.

"하지만 지금까지는 잘 막고 있습니다. 다친 건설로봇들은 뒤로 빼서 자원 채집에 넣으며 계속 시간을 버는 마이클 조셉. 보병도 계속 생산되고, 기갑 정거장도 짓기 시작했습니다."

AI의 보병들은 결국 건설로봇 1기를 더 일점사로 잡아낸 후에 후퇴했다.

마이클 조셉의 보병이 계속 생산되어서 전력이 비등해졌기 때문.

그 와중에 참호 건설을 취소시켜서 절반의 자원을 회수한 AI였다.

최환열이 말했다.

"이만하면 아주 잘 막았습니다. 건설로봇 컨트롤을 아주 잘 해줬어요."

"역시 만만치 않은 북미 최강자 마이클 조셉! AI도 뒤늦게 기갑정거장을 짓기 시작하지만 테크 트리가 상대적으로 늦었습니다."

"7병영 전략에 실패했기 때문에 지금은 AI가 매우 가난한 상태죠. 지금부터 마이클 조셉이 고속전차 2기 먼저 뽑고 공격에 나서면 피해를 입혀서 더 상황을 유리하게 만들 수 있습니다."

최환열의 말은 빗나가지 않았다.

마이클 조셉은 고속전차 2기를 먼저 생산한 뒤에 비로소 기갑부속연구소를 짓고 추가로 기갑정거장도 건설했다.

"말씀대로 고속전차 2기가 나왔습니다만, 근데 공격에 나서지는 않고 있습니다. 이건 왜죠?"

"병영 건물로 상대 진영을 정찰하고 나서 움직이겠다는 생각으로 보입니다. 상대가 AI라 해도 이신이니 뭘 할지 모르거든요."

그런데 AI는 이번에도 상식을 넘어서는 판단을 내렸다.

앞마당 확장기지 공사에 들어가고, 기갑정거장이 완공되자마자 기갑부속정거장을 옆에 이어 지었다.

방어를 하고 있는 건 오로지 보병 3명뿐이었다.

"저기서 고속전차를 먼저 뽑거나, 앞마당에 참호를 지어야 정상인데, 아무것도 안 하고 기갑부속연구소부터 짓습니다! 저건 기동포탑을 먼저 뽑겠다는 마인드입니다."

한마디로,

"배짱부리는 거네요."

박영호가 간단하게 일축했다.

최환열은 소름이 쫙 끼치는 것을 느꼈다.

그렇지 않아도 가난한 상황.

그걸 극복하기 위하여 참호도 고속전차도 없이 바로 테크트리를 올려 버렸다.

이건 단순히 배 째라는 태도가 아니었다.

"상대가 자신을 경계한다는 걸 알고 있습니다."

최환열의 그 말속에는 많은 뜻이 내포되어 있었다.

"내가 이신이기 때문에 넌 날 두려워한다. 내가 뭘 할지 먼저 정찰로 확인하는 게 안전하기 때문에 지금 당장은 공격을 하지 않을 것이다."

비로소 박영호의 표정도 변했다.

마이클 조셉의 상대가 인간이 아니라는 것을 새삼 떠올랐기 때문이다.

최환열이 말했다.

"지금 인공지능이 심리전을 펼치고 있습니다. 자기가 얼마나 위협적인지 알고 있기 때문에 그걸 역이용하는, 이신이 곧잘 하던 심리전입니다."

자원 계산이나 컨트롤은 컴퓨터가 당연히 잘하는 분야였다.

하지만 심리전은 달랐다.

지금 AI는 상대의 속내를 읽고 판단하는, 이신이 신이라 불릴 수 있었던 진정한 비결을 그대로 보여주고 있었다.

결국 마이클 조셉은 생각이 많았던 탓에 좋은 기회를 놓쳤다.

그는 자신과 같은 시기에 같은 숫자의 기동포탑이 AI에게서 나온 걸 보고 놀란 표정이 되었다.

기동포탑 2기가 생산되자마자 먼저 공격에 나선 쪽도 오히려 AI였다.

"심지어 먼저 공격에 나섭니다!"

"보병도 같이 데리고 나서는데, 정말 대담합니다!"

캐스터와 해설위원이 놀랄 때,

"병영 위치입니다. 지금 마이클 조셉의 병영은 상대 진영에서 정찰하고 있거든요. 근데 AI의 병영은 정찰을 마치고 중앙 부근으로 돌아왔습니다."

최환열이 정확한 분석을 즉각 해주기 시작했다.

"기동포탑의 사거리는 유닛의 시야보다 더 넓습니다. 그걸 최대한 활용하려면 건물을 띄워서 더 먼 곳까지 시야 확보를 해야 하는데, 지금 시야 확보 싸움에서는 자기가 더 유리하다는 걸 알고 바로 뛰쳐나간 겁니다!"

마이클 조셉의 병영 건물이 돌아오면 시야 확보 면에서는 동등해진다.

그렇기 때문에 돌아오기 전, 그 짧은 순간에 최대한 깊숙이 치고 들어가 유리한 위치를 점령하겠다는 판단이었다.

—퍼엉! 펑!

병영 건물로 시야 확보를 해두고, 시야 안에 마이클 조셉의 병력이 들어오자 즉각 포격모드로 일격!

—으악!

—으아악!

마이클 조셉의 보병들이 포격으로 몰살당했다.

기동포탑들도 시야 확보가 안 된다는 걸 알고는 허둥지둥 후퇴.

AI는 계속 치고 들어가서 마이클 조셉의 앞마당 앞까지 도달했다.

"…바로 조여 버렸네요."

박영호가 얼이 빠져서 중얼거렸다.

최환열도 마찬가지였다.

"정말 소름 끼치는 경기력입니다."

앞마당 앞까지 조여진 것은 국지전이 중요한 인류 대 인류전에서는 거의 졌다는 뜻이나 다름없었다.

마이클 조셉은 고속전차 다수를 생산해 뚫기에 나섰지만, 역시나 고속전차를 다수 투입한 AI가 계속 막아내며 봉쇄 상태를 유지했다.

결국 봉쇄를 뚫다가 너무 큰 피해를 본 마이클 조셉.

소원대로 봉쇄를 뚫는데 성공한 찰나, 귀신같이 항공수송선을 타고 본진에 침투한 고속전차에 의해 건설로봇들이 사냥당했다.

상대가 나오려는 순간!

그 완벽한 심리적인 타이밍에 펼쳐진 견제 플레이.

전의를 꺾어버리는 결정타였다.

—[TC]MJ: GG.

지켜보는 모든 이를 경악에 몰아넣은 인공지능의 쇼 타임이 시작되었다.

*　　　*　　　*

1세트가 끝나고서 하이라이트 부분을 AI의 개인 화면으로 보며주었다.

약간의 잔손질, 멀티태스킹에 한계가 있기 때문에 가끔씩 일을 지정해 주지 못해 놀고 있는 건설로봇들…….

누가 봐도 인공지능이 아닌 것 같은 인간적인 모습이라 더욱 소름이 끼쳤다.

어디까지나 실력일 뿐, 인공지능이라서 사람보다 강할 수밖에 없는 게 아니라는 것을 계속 증명하는 SC코퍼레이션 측의 연출이었다.

'빠른 속도다.'

이신은 그것을 보며 완성된 인공지능의 실력을 가늠할 수 있었다.

'내 생각보다 더 빨라.'

인공지능의 관건은 상황을 판단하는 주관.

그 판단 속도가 미숙했던 부분들이 지금은 완전해져 있었다.

이신이라도 1세트에서 AI와 똑같은 판단을 했을 거라고 여졌으니 말이다.

같은 판단을 해도 그걸 실천하는 피지컬이 다르니, 실로 어마어마한 경기력을 자랑했다.

이신은 AI의 피지컬이 자신보다 우월하다는 것을 솔직하게 인정했다.

어느 정도 예상은 했지만, 세월이 흘러 나이가 든 것, 그리고 손목 부상으로 1년을 쉰 여파가 생각보다 크다는 것을 깨닫게 되었다.

'이 격차를 다른 것으로 극복할 수 있을까?'

현재 이신을 능가하는 피지컬의 소유자가 현역 중에 없지는 않았다.

괴물 최고의 피지컬을 자랑하는 박영호.

젊은 북미 최강자 마이클 조셉.

어마어마한 물량을 쉬지 않고 뽑아내는 광기신족 최영준.

또한 제자들 중에서도 차이와 장양이 있었다.

차이는 손은 더 느리지만 멀티태스킹이나 후반부에도 지치지 않는 스태미나가 발군이었고, 장양의 경우는 아예 손도 이신보다 빨랐다.

하지만 그 모든 상대를 이신은 극복하고 다시 정상에 섰다.

'이번에도 이길 수 있을까?'

이신은 승부욕에 불타오르고 있었다.

*　　*　　*

이벤트 매치는 계속 진행되었다.

2세트는 아마드 부티아.

그는 이번 발표회에 초청되면서 많은 부담감을 느꼈다.

괴물 종족 대표 선수로 본래 뽑혔어야 할 사람은 자신이 아니라는 걸 잘 알고 있었기 때문이다.

실력만 놓고 본다면 2년 연속 은메달리스트인 러너가 훨씬 적임자였다.

물론 e스포츠도 엔터테인먼트인 만큼 인기는 중요했지만, 자부심과 자존심이 강한 아마드 부티아는 실력이 아닌 다른 요소 때문에 초청된 것이 분했다.

'증명해 주마, 내 실력을.'

부담감이 큰 만큼, 실력을 입증하기 위하여 많은 준비를 했다. 인공지능이고 나발이고, 준비대로 완벽하게 격파할 생각이었다.

하지만…….

'이런 젠장!'

AI의 진영에 정찰을 갔을 때, 출입구가 병영과 기갑정거장, 군량고 등 건물 3채로 심시티된 것을 발견했다.

아마드 부티아는 그만 욕이 나왔다.

이런 이른 시간에 벌써 기갑정거장이 지어진 게 무엇을 뜻하는지 잘 알고 있었기 때문이다.

'2항공이냐.'

2항공 스텔스 전투기 전략이었다.

이렇게 되면 준비했던 전략이 허사가 되었다.

AI가 스텔스 전투기로 견제를 펼칠 텐데, 이에 대비해야 하기 때문이다.

어쩔 수 없는 괴물의 비애였다.

상대가 주도권을 쥐고 있는 인류인 이상, 괴물은 맞춰가지 않으면 안 되었다.

'일단 안전하게 막자. 피해만 없으면 내 우세다.'

카이저의 스텔스 전투기와 러너의 쐐기충이 격돌한 공중전 영상이 팬들 사이에서 화제가 된 적이 있었다.

지금도 명장면 중 하나로 손꼽히는데, 결국 승자는 카이저였다.

아마드 부티아는 그렇게 컨트롤에 자신 있는 것도 아니었고, 그런 만용을 부릴 생각도 없었다.

안전하게.

빈틈없이.

깔끔하게 막아낼 것이다. 피해를 보지 않으면 이쪽이 이긴다.

승리의 조건이 아주 심플하지 않은가?

아마드 부티아의 집중력이 극도로 올라갔다.

*　*　*

“AI가 2항공 스텔스 전투기 빌드를 꺼내 들었습니다.”

이병철 캐스터가 말했다.

최환열이 이에 대해 재빨리 부연을 했다.

“요즘도 종종 쓰입니다만, 예전에는 괴물을 때려잡던 이신 선수의 주 무기였죠.”

“뭐, 무적이었죠? 물론 이신 선수 자체가 무적이었습니다만, 그때는 저 스텔스 전투기를 대체 어떻게 극복해야 하는지가 모든 괴물들의 근심거리였으니까요.”

정승태 해설위원은 자신이 중계했던 과거 경기들을 떠올리며 말했다.

괴물전이라 그런지 박영호도 적극적으로 해설에 참여했다.

“지금도 이신 선수가 2항공을 쓰면 괴물이 이기기가 어려운데, 2018년이면 더 까다롭겠죠. 빌드는 옛날이나 지금이나 별로 달라진 것도 없는데, 멀티태스킹과 컨트롤이 관건인 전략이라 피지컬이 더 좋았던 예전이 오히려 더 강하거든요.”

“예전에 유행했지만 지금은 사장된 빌드 오더 같은 걸 썼으면 수월했을 텐데, 하필이면 지금도 쓰이는 2항공이라 아마드 부티아 선수로서는 가장 꺼렸을 거라는 말씀이시군요?”

“예.”

정승태의 질문에 박영호는 고개를 끄덕였다.

"하지만 그건 어디까지나 이신 선수의 이야기고, 지금 저건 인공지능이죠. 얼마나 잘 구현했을지를 봐야겠네요."

"북미 최고의 괴물 플레이어인 아마드 부티아 선수의 디펜스를 한번 봐야겠습니다. 자, AI의 스텔스 전투기가 출발합니다! 일단 가볍게 정탐하던 하늘군주부터 사냥합니다!"

열띤 해설이 벌어지는 동안, 시청자들의 채팅도 버퍼링이 생길 정도로 혼잡스러웠다.

—와 그 시절 신의 전투기를 볼 수 있단 말이냐.ㅠㅠ

—신이시여!

—이신 아직 살아 있거든? 가짜에게 현혹되지 말지어다.

—근데 박영호였으면 쐐기충 뽑고 공중전 갔다. ㅇㅈ?

—이신 상대로 공중전 벌여서 컨트롤로 맞장 뜰 수 있는 괴물은 박영호밖에 없지. 그랬으면 존나 재미있었을 텐데.

—야, 나이 든 이신이니까 상대할 수 있었지, 전성기 시절 이신이면 박영호라도 싸움이 됐겠냐?

—과거 미화 쩌네ㄷㄷ

—이신 하면 그냥 찬양 일색이지ㅉㅉㅉ

—마이클 조셉도 아무것도 못하고 두들겨 맞았는데, 아마드 부티아라고 별수 있겠냐.

—근데 1세트 최환열 해설이 정말 명품이었다.

—ㅇㅈ

아마드 부티아는 안전하게 독침충을 뽑아서 방어했다.

스텔스 전투기는 독침충을 이리저리 피해 다니며 정찰을 시작했다.

독침충에게 한 대도 안 맞고 바로 U턴을 해버리는 반응 속도가 심상치 않았다.

그러면서도 틈나는 대로 계속 일하던 일벌레를 한두 대씩 치고 도망가는 움직임을 보였다.

—피융! 피융!

스텔스 전투기가 쏘는 레이저빔 소리가 계속 울려 퍼졌다.

"아마드 부티아 선수 방어가 좋습니다. 독침충들이 전투기를 잘 쫓아다니고 있어요."

"그런데 AI의 스텔스 전투기가 잠시도 쉬지 않고 계속 한두 대씩 툭툭 건드립니다. 움직임이 정말 좋네요."

정승태 해설위원이 감탄했다.

"지금 본진에서 할 것 다하면서 컨트롤하는 건데, 잠시도 쉬지 않고 계속 치고 빠지고 하거든요! 고작 1기인데도 저런데, 전투기 숫자가 쌓이기 시작하면 얼마나 무서워질지 괴물 입장에서는 오싹해질 듯합니다!"

이병철 캐스터도 감탄하기는 마찬가지.

본진에서 운영을 하면서도 스텔스 전투기가 쉬지 않고 계속 움직이는 것이다.

그러다가 스텔스 전투기 2기가 더 합류했을 때였다.

—키엑!

—키에엑!

일벌레 2마리가 일거에 사살당했다.

스텔스 전투기 1기가 혼자 돌아다니면서 열심히 대미지를 넣었던 보람이 이렇게 나타난 것이다.

잘잘하게 한 대씩 계속 맞았던 일벌레 2마리가 갑작스럽게 사살.

아마드 부티아의 기세가 크게 흔들리기 시작했다.

폭탄충들이 격추시키기 위해 날아들었지만, 전투기들은 그 때마다 도망을 다니다가 다른 방향에서 또 나타나 게릴라를 펼치고 다시 빠졌다.

—피융! 퓽!

—키에엑!

레이저빔 소리와 함께 일벌레 죽는 소리가 또 울려 퍼졌다.

스텔스 전투기 편대가 괴물 진영을 괴롭히는 템포가 매우 빨랐다.

최단 거리의 동선으로 비행하며 계속 하늘군주든 일벌레든 폭탄충이든 독침충이든 보이는 족족 습격했기 때문이다.

나타났다 하면 한두 대라도 반드시 치고 달아났는데, 그게 누적되면 될수록 괴물의 피해가 커져갔다.

경기를 가만히 지켜보던 박영호가 아연실색했다.

"멀티태스킹 진짜 세네요. 저게 중국에서 저랑 같이 사는 그 사람 맞나요?"

인공지능이 너무 사기로 만든 게 아니냐는 지적.

그 정도로, 보고도 믿을 수 없는 스피드였다.

최환열이 이에 답했다.

"컨디션 좋을 때의 이신 선수가 딱 저 정도였죠. 저렇게 팔팔한 스텔스 전투기는 오랜만에 봅니다. 괴물의 피해가 계속 누적되고 있는데……."

최환열은 몹시 안쓰럽다는 듯이 말을 이었다.

"이대로 가면 아마드 부티아 선수, 정말 아무것도 못 해보고 지겠는데요?"

이어서 AI는 보병·의무병·화염방사병을 꾸준히 모으면서, 기갑정거장에서 고속전차도 뽑았다.

소수의 고속전차가 곳곳을 누비고 다니며 길목마다 지뢰를 매설했고, 시야를 밝히기 위해 세워놓은 바퀴도 사살했다.

심지어 스텔스 전투기 편대도 1기를 따로 빼서 전장 곳곳을 정찰 다녔다.

역시나 시야를 밝히기 위하여 세워둔 하늘군주를 사냥하러 다니는 것이었다.

그동안 나머지 편대는 계속 괴물 진영을 드나들며 괴롭히고 있고 말이다.

경악스러운 멀티태스킹이었다.

"미니맵에서 아마드 부티아 선수의 시야가 점점 사라지고 있는데요, 저러면 상대 병력이 언제 어디로 진출하는지도 알 수 없게 됩니다. 눈 감고 게임 하는 거나 다름없어요!"

박영호의 목소리가 점점 흥분에 찼다.

설마 경기력이 저 정도였을 줄은 몰랐다.

고속전차와 따로 빼둔 스텔스 전투기 1기가 끊임없이 돌아다니며 상대를 장님으로 만드는 작업을 하는 데, 그걸 볼 때마다 소름이 돋았다.

저런 상황에서는 자신이라도 이길 자신이 없다고 생각한 박영호는 질린 안색이었다.

아마드 부티아는 괴로운 상황이었다.

계속 견제를 받아서 피해가 누적되었고, 정찰도 할 수 없어 자신의 진영을 제외하고는 맵 전체가 암흑이었다.

바퀴들을 다수 뽑아서 맵 곳곳에 뿌려보았지만, 금방 모두 제거당하여서 다시 미니맵이 암흑으로 물들었다.

그가 할 수 있는 건, 어떻게든 촉수충 위주로 지상군을 모아서 인류의 병력이 공격왔을 때 받아쳐서 대승하는 것뿐.

하지만 상황은 점점 아마드 부티아에게 잔인해졌다.

"AI가 추가로 확장을 택했습니다. 공격하러 병력을 진출할 생각이 전혀 없습니다."

최환열이 탄식하듯 말했다.

"그냥 계속 이대로 말려 죽이겠다는 의도입니다."

이러면 괴물이 뛰쳐나올 수밖에 없다.

하지만 기다리는 것은 수없이 깔아놓은 지뢰들.

참지 못하고 병력을 끌고 나와 지뢰에 갖다 박고 자멸하라는 뜻이었다.

결국 참다못한 아마드 부티아가 전 병력을 끌고 뛰쳐나왔다.

지뢰를 하나둘 제거해 나가며 강행 돌파!

하지만 기다렸다는 듯이, 아마드 부티아의 본진에 항공수송선이 침투했다.

보병들이 내려서 각성제를 흡입하고 일벌레를 살육했다.

최후의 일전을 각오하고 나오자마자 먹어버린 크로스 카운터!

뻔히 기다렸다는 듯이 먹여 버린 그 일격은 상대의 심리에까지 대미지를 입히는, 무척 이신스러운 일격이었다.

아마드 부티아의 멘탈이 나가 버린 순간이었다.

* * *

1세트는 인공지능의 경기가 처음으로 관중 앞에서 펼쳐진데 의미가 있었고, 2세트는 아마드 부티아를 현란한 멀티태스킹으로 압살해서 어필했다면, 3세트는 치열한 명승부로 또다시 호평을 받았다.

3세트는 AI의 공세로 시작됐다.

정석적인 빌드 오더로 평범한 시작을 한 신족 선수 대표 지우평에게, AI는 앞마당 확장 대신 병력을 뽑아 공격에 나섰다.

과거 이신의 극단적인 스타일을 고스란히 반영된 모습이었다.

물어뜯으려는 AI와 최소한의 피해로 막아내려는 지우평의 치열한 공방.

고속전차가 앞마당도 습격하고 항공수송선을 타고 건너와 본진도 정신없이 휘젓고 다녔다.

본진과 앞마당에 모두 적이 난입한 상황에서 지우평의 침착함이 돋보였다.

지뢰가 매설되어서 발 디딜 곳도 부족해질 정도로 격렬한 공세.

그런 상황에서 지우평은 복잡하게 꼬인 실타래를 차근차근 풀어내듯이 방어했다.

피해가 누적되었지만, 결과적으로는 앞마당 확장을 먼저 한 이점이 사라지지 않은 선에서 방어하는 데 성공.

본진에 깔린 지뢰 탓에 병력이 다치기도 했지만, 넝마가 되도록 두들겨 맞았음에도 지우평은 기어코 공세를 막아냈다.

확장을 포기하고 공격에 시간과 자원을 투자한 AI도 똑같이 손해를 본 셈이었다.

지우평은 곧이어 역공에 나섰다.

본진과 앞마당에서 캔 자원을 바탕으로 병력 물량을 확보한 것.

뒤늦게 앞마당에 확장 기지를 세우고 소진한 병력을 다시 모으던 AI로서는 위기를 맞이한 상황.

그러자 이번에는 AI의 신들린 디펜스가 빛을 발했다.

폭풍 같은 전투!

몇 기 없는 기동포탑이 본진 언덕에 자리 잡고서 포격을 가했고, 앞마당에서 건설로봇들이 적이 본진에 들어오지 못하도록 필사적으로 블로킹했다.

지우평도 이 참에 끝내 버리려고 혼신의 힘을 다했으나, 이신의 초반 디펜스는 뚫리는 법이 없다는 격언을 확인시켜 주었을 뿐이었다.

견적이 잘 나오지 않자, 지우평은 대신 건설로봇들을 최대한 많이 죽이고 물러나는 선택을 했다.

현명한 판단이었다.

병력도 아꼈고 AI에게 피해도 입혔으므로, 국면은 지우평의 우세였다.

이후로도 급할 것 없이 확장과 병력 모으기에 집중하며 우세를 굳히는 지우평.

하지만 그때부터 불리한 국면을 타개하려는 AI의 미친 견제 플레이가 시작되었다.

고속전차를 대량 생산하여 출격시켜서 지우평의 진영을 헤집고 다녔다.

지우평도 이신과 한솥밥을 먹고 있는 탓에 그러한 견제에 대한 방어가 철저했다.

없는 빈틈을 만들기 위해 틈을 엿보던 AI는 마침내 기회를 포착했다.

지우평의 새로운 확장 기지가 완성되는 타이밍을 읽은 것.

AI의 의중을 알아챈 것은 최환열이었다.

"지금 AI가 크게 한탕할 견적을 잡고 있습니다. 대신전이 언제 완성되는지 계산 끝냈어요. 머릿속으로 카운트다운을 세고 있을 겁니다."

"하하, 인공지능이니까 시간 계산을 잘하는 건가요?"

"원래 이신 선수가 그렇게 합니다. 그 당시에 초시계처럼 정밀하게 시간 계산을 하는 선수가 이신밖에 없었어요."

최환열이 열기를 띠며 설명했다.

"예전에 저 연습을 하는 걸 옆에서 봐서 아는데, 일꾼이 이동할 동선에 맞춰서 지뢰를 깔고 고속전차를 두 무리로 나눠서 양방향에서 덮칠 겁니다. 한쪽은 호위하는 거신병기들을 상대하고 다른 쪽은 일꾼을 사냥하는 거죠."

정말로 그 말대로 이루어졌다.

AI가 길을 따라 일렬로 지뢰를 매설하고, 고속전차를 두 부대로 나눠 배치했다.

"일꾼 피해만 보고 말면 다행인데, 지뢰에 휘말려서 병력 피해까지 보면 게임이 뒤집어집니다. 이제 지우평 선수가 어떻게 대처할지 봐야겠죠."

지우평은 주변에 고속전차가 없자 안심하고 신도들을 막 완성된 새 확장 기지로 이주시켰다.

하지만 시간을 정확하게 알고 있는 AI는 때가 되자 고속전차들로 양방향에서 덮쳐 버렸다.

—으악!

—으아악!

—퍼어엉!

신도들이 고속전차에게 사냥당하고, 거신병기들도 고속전차와 싸우다가 지뢰를 밟아 격파됐다.

뒤늦게 거신병기 컨트롤에 집중한 덕에 병력 피해는 더 보지 않았지만, 이동하던 신도들은 대다수가 털려 버렸다.

그래도 거기까지는 아직 지우평이 유리했다.

워낙 초반에 AI가 가난하게 출발한 탓이었다.

“아직 AI에게 주어진 과제가 하나 더 있습니다. 지금 지우평 선수에게 아바타가 준비되었는데, 이걸 막아야 하거든요.”

아바타는 상대 본진에 침투하여서 소환 마법으로 아군 병력을 불러들인다.

이걸 막으려면 아바타가 침투 못 하도록 대공포로 둘러놓아야 하는데, AI는 가난해서 그럴 자원이 없었다.

그저 전술위성 2기만 세워 놓았을 뿐.

“전술위성의 무력화탄으로 아바타의 마법 에너지를 빼버리겠다는 생각인데, 아바타를 놓치면 피해를 받는 수밖에 없습니다!"

만약 아바타를 놓쳐서 침투를 허용하면 큰 피해를 받을 수밖에 없는 배수진이었다.

그런데,

—퍼어엉!

"맞았습니다!"

전술위성이 아바타에게 무력화탄을 맞혀 버렸다.

"지우펑 선수가 첫 아바타로 공격할 수 있는 타이밍을 놓쳤습니다. 이러면 게임이 이상해지죠!"

"지우펑 선수가 리드하고 있던 승부의 균형추가 다시 평평하게 움직이고 있습니다!"

우세를 유지하던 노력이 허사가 된 순간.

하지만 지우펑의 정신력은 그리 녹록지 않았다.

마음을 다잡고 자신이 해야 할 플레이를 했다.

두 번째 소환 마법은 성공.

AI의 확장 기지에 아군 병력을 소환 마법으로 침투시켜서 초토화시켰다.

소환된 병력도 모두 잡아먹혔지만, 이런 손실 교환은 신족에게 유리했다.

그러자 이에 질세라 AI의 견제 플레이가 맵 센터에서 쉴 새 없이 벌어졌다.

워낙 지우펑의 방어가 탄탄한 탓에, 타깃을 센터를 돌아다니는 지우펑의 병력으로 바꾼 것.

신족의 병력이 끊임없이 센터를 돌아다니며 인류를 견제하고 있었는데, AI의 고속전차들이 그 꽁무니를 쫓아다니며 지우펑이 흘린 거신병기를 1기 1기 사냥했다.

정면으로 맞붙는 건 피하면서, 계속 뒤만 쫓아다니는 집요함!

밉살맞기 그지없는 그 모습은 누가 봐도 이신 그 자체였다.

팽팽한 상황 속에서 지우펑의 운영에 중대한 변화가 발생하였다.

장기전에 대비해 미리 준비해 두었던 운영 중 하나였다.

"지우펑 선수가 항공모함을 준비합니다!"

"AI는 아직 이 사실을 모르고 있습니다! 항공모함은 숫자가 쌓이면 엄청난 위력을 발휘하기 때문에, 시간은 지우펑 선수의 편입니다!"

"글쎄요……."

최환열이 이견을 제기했다.

"항공모함에 투자하는 만큼 지상군 물량이 줄어들거든요. 이걸 알아차리면 이신, 아니 AI로서는 승부수를 띄울 기회가 생기는 거거든요."

그러자 박영호도 의견을 제시했다.

"팀에서 둘이 연습할 때 저런 양상이 몇 번 나왔었는데요, 서로 먼저 들어가는 걸 꺼렸었습니다."

"아, 이신 선수랑 지우펑 선수 말씀이신가요?"

이병철 캐스터의 물음에 박영호가 고개를 끄덕였다.

"예, 또 아바타 소환으로 침투하면 이신 선수가 그걸 싸 먹고서 곧바로 역공하는 걸 노리는 것 같아서 못 들어갔다고 했었거든요. 지금도 똑같습니다. AI도 마찬가지로 먼저 나갔다가 센터에서 싸 먹히면 안 되니까 서로 먼저 칼을 뽑지 못하는 상황이죠."

심리전.

항공모함은 AI로 하여금 먼저 칼을 뽑도록 유도하는 지우평의 한 수였다.

의도는 성공을 거두었다.

항공모함이 4척까지 모이자, 비로소 AI가 그걸 알아차리고 공격에 나선 것이다.

"AI가 항공모함의 존재를 눈치채고 먼저 움직였습니다!"

"항공모함이 더 쌓이기 전에 끝내야 하거든요!"

전 병력을 끌고 나서는 AI.

그걸 기다렸던 지우평의 판단이 빛을 발했다.

다리를 건너고 막 센터로 나왔을 때, 지우평의 지상군이 옆구리에서 들이받은 것이다.

"지우평 선수가 먼저 달려듭니다!"

"급히 치고 나오느라 아직 진형이 갖춰지지 않았을 때를 노리고 먼저 선수 친 겁니다! 항공모함이 더 모일 때까지 시간을 벌 줄 알았는데, 허를 찌른 결단이죠!"

"AI도 똑같이 생각하다가 허를 찔린 것 같습니다. 기동포탑이 많이 죽어나가요!"

먼저 달려든 신족의 병력은 전멸했지만, 피해는 인류가 더 컸다.

신족이야 병력을 다시 뽑으면 되지만, 인류는 다시 병력을 모으는 동안 타이밍을 놓치니까.

그런데 AI는 얼마 안 남은 병력으로 공격을 강행했다.

"그냥 계속 진격하는데요?"

"일단 항공모함 쌓이기 전에 타격을 입히긴 해야겠다고 생각한 모양인데, 저 정도 병력 가지고는 항공모함과 새로 나오는 병력에 막힙니다!"

"이야, 드디어 인공지능을 인간이 한 번 꺾나요?"

"그런데 AI도 움직임이 심상치 않습니다. 아직 방심할 때가 아니죠!"

놀랍게도 AI는 얼마 안 남은 병력을 더 분산시켰다.

총공격에서 견제 플레이로 전환한 것.

그것도 여러 지역을 동시에 타격하는 다중견제였다.

항공모함이 출격해서 한 곳을 막아냈지만, 지상군이 소진된 탓에 모든 지역을 다 커버하지는 못했다. 바로 그 점을 노린 AI의 플레이이기도 했다.

"본진 제외한 전 지역에 견제 플레이가 일시에 퍼부어집니다!! 와, 세상에!"

“저런 플레이를 하나요?! 미친 경기력입니다!”

“예, 이신 선수였으면 저렇게 했을 겁니다. 자원 공급을 끊어서 항공모함이 제 기능을 발휘하지 못하게 만들어야 하거든요!”

항공모함은 돈을 엄청 잡아먹는 병기였다.

전투가 벌어지면 작은 전투기를 여러 기 쏟아내어서 폭격을 가하는데, 그 전투기들을 생산하는 데에도 자원이 든다.

항공모함이 바쁘게 이곳저곳을 다니며 공격을 진압했지만, 이미 타격이 꽤 큰 상태.

그 바람에 일시적으로 자원 공급이 중단되어서 지상군 충원이 늦어졌다.

AI는 그 틈에 다시 모은 지상군을 이끌고 또 공격에 나섰다.

이번에는 기계보병의 비중이 상당히 높아서 항공모함으로 막아낼 수 있는 수준이 아니었다.

하나둘 사라지는 지우평의 확장 기지.

하지만 그 와중에 지우평도 1척씩 계속 모은 항공모함으로 AI의 확장 기지를 쳤다.

지상을 휩쓸고 있는 AI.

확장 기지를 잃으면, 다른 지역에 또 확장해 끈질기게 자원줄을 마련하며 버티는 지우평.

지상군은 없다시피 했으나, 그의 항공모함 선단은 엄청난 활약상을 떨쳤다.

지형지물을 활용하여 치고 빠지며 공격해오는 지상군을 꾸준히 줄여 나갔다.

틈이 생기면 상대의 확장 기지도 습격하고 도망쳤다.

도망 다니면서 계속 항전을 벌이는 지우평. 그의 항공모함 선단은 합쳐서 킬(Kill) 수가 200을 넘겼다.

AI도 힘들기는 마찬가지였다.

충분히 모인 항공모함이 종횡무진 활약하는 통에 상대의 숨통을 끊지 못하고 계속 시달리는 상황.

그럼에도 계속 자원을 긁어모아 상대를 궁지로 몰아세우는 역량이 대단하였다.

이 둘의 싸움은 처절함 그 자체!

하지만 계속될 것 같은 승부도 결국 결말이 나왔다.

"지우평 선수 GG!"

결국 항공모함을 지원해 줄 자원에 한계가 와서 지우평은 항복할 수밖에 없었다.

AI가 각 종족 대표 3인을 올 킬해 버린 충격적인 사태였다.

『마왕의 게임』 21권에 계속…